A Correspondência de uma Estação de Cura

JOÃO DO RIO

A Correspondência de uma Estação de Cura

Romance

nVersos

Sumário

I. De Antero Pedreira à Sra. Dona Lúcia Goldschmidt
de Resende – Petrópolis..11

II. José Bento, secretário dos Oleps,
a Justiniano Marques – Pensão Bucareste, São Paulo.................7

III. Antônio Bastos ao Major Bento Arruda,
diretor do Clube dos Mirabolantes – Rua do Passeio, Rio........19

IV. Dona Eufrosina de Passos de Machado
a Dona Eponina de Machado de Sousa – Gávea, Rio...............23

V. De Antero Pedreira à Sra. Dona Lúcia Goldschmidt
de Resende – Petrópolis..25

VI. De Teodomiro Pacheco ao Sr. Godofredo de Alencar,
homem de letras – Jockey Club, Rio..37

VII. Da gerência da Empresa à Generala-viúva Alvear..................45

VIII. De Antero Pedreira à Sra. Dona Lúcia Goldschmidt
de Resende – Petrópolis..47

IX. De Pedro Glotonosk à Generala Alvear.....................................53

X. De Íris Lessa a Baby Torresão – Estrada Nova da
Tijuca, Rio..55

XI. De Dona Maria de Albuquerque
à Condessa Hortênsia de Gomensoro – São Clemente, Rio....57

XII. De Olga da Luz
a Guiomar Pereira – Avenida Paulista, São Paulo......................61

XIII. De Teodomiro Pacheco
a Godofredo de Alencar – Jockey Club, Rio...............................63

XIV. De Neném Araújo Silva ao Sr. José Joaquim Teixeira,
digno sócio da firma Araújo Silva & Cia. – Rio.........................69

XV. De Antero Pedreira a Lúcia Goldschmidt
de Resende

— Petrópolis...73

XVI. De Pedro Glotonosk à Generala-viúva Alvear......................79

XVII. De Stella Dovani a Mademoiselle Martha Dovani
— Sacré-Coeur, Petrópolis..81

XVIII. José Bento, secretário dos Oleps,
a Justiniano Marques — Pensão Bucareste, São Paulo............83

XIX. De Teodomiro Pacheco
a Godofredo de Alencar — Jockey Club, Rio........................87

XX. De Antero Pedreira à Sra. Dona Lúcia Goldschmidt
de Resende — Petrópolis...93

XXI. De Olga da Luz
a Guiomar Pereira — Avenida Paulista, São Paulo................99

XXII. De Olivério Gomes a Sua Excelência o Senador
Pereira Gomes — Rua Conde de Bonfim, Rio — Urgente.............101

XXIII. De Dona Maria de Albuquerque a Sua Excelência
o Senador Pereira Gomes — Rua Conde de Bonfim, Rio...........103

XXIV. De Jacques Fontoura
a Jorge Pedra — Automóvel Club, São Paulo........................105

XXV. De José Bento, secretário dos Oleps,
a Justiniano Marques — Pensão Bucareste, São Paulo...........109

XXVI. De José Bento, secretário dos Oleps, ao Coronel
Joaquim Jurumenha, DD. Capitalista — Grande Hotel — Urgente...113

XXVII. De Teodomiro Pacheco
a Godofredo de Alencar — Jockey Club, Rio........................115

XXVIII. De Antero Pedreira
a Dona Lúcia Goldschmidt de Resende — Petrópolis, Rio........123

XXIX. De José Bento, secretário dos Oleps,
a Justiniano Marques — Pensão Bucareste, São Paulo...........127

XXX. De Pura Villar
ao Sr. Dr. Olivério Gomes — Grande Hotel — Nesta — Urgente.....131

XXXI. De Teodomiro Pacheco

a Godofredo de Alencar – Jockey Club, Rio..................................133

XXXII. De Íris Lessa
a Baby Torresão – Estrada Nova da Tijuca, Rio..........................139

XXXIII. De Antero Pedreira à Excelentíssima
Sra. Dona Lúcia Goldschmidt de Resende – Petrópolis................141

XXXIV. De Olga da Luz
a Guiomar Pereira – Avenida Paulista, São Paulo........................147

XXXV. De Dona Maria de Albuquerque
à Condessa Hortênsia de Gomensoro – São Clemente, Rio.........155

XXXVI. De Olivério Gomes a Sua Excelência o Senador
Pereira Gomes – Rua Conde de Bonfim, Rio................................163

XXXVII. Explicação Final e Desnecessária, como Todas as Explicações
De Teodomiro Pacheco
ao Dr. Godofredo de Alencar – Jockey Club, Rio...........................165

A Forma do Romance..171

A Abner Mourão
   com admiração e afeto.
              João do Rio

Apresentação

Seguramente, Paulo Barreto [1881-1921], mais conhecido pelo pseudônimo João do Rio, se consagrou como o primeiro cronista moderno da Literatura Brasileira. Natural da cidade do Rio de Janeiro e tendo vivenciado um clima republicano e abolicionista, João do Rio estreou na imprensa antes de completar 18 anos, com um texto sobre crítica de teatro no jornal *A Tribuna*, em 1899. A partir daí, o autor vai colaborar intensamente na imprensa e só vai parar, fatidicamente, com sua morte prematura em 1921. No mesmo dia de sua morte, João do Rio, na coluna "Bilhete", do jornal *A Pátria*, publica o seu último artigo.

No jornalismo, introduziu e aperfeiçoou maneiras de elaboração da entrevista, da reportagem e da crônica/reportagem nas páginas de *A Cidade do Rio*, *Gazeta de Notícias*, *O Paiz*, *A Pátria*, *A Notícia* e outros órgãos de imprensa. E a contribuição do autor só pode ser percebida em face da multiplicidade que caracteriza a sua obra, pois, além de vasta, aponta para diversas possibilidades de entendimento ou elaboração crítica. No primeiro momento, a produção de João do Rio está marcada pelo contexto da época, pela resiliente *Belle Époque* tardia diante da inserção, remodelação e transformação compulsória da paisagem técnico-urbana do Rio de Janeiro. Ou seja, um período de grandes convulsões na política, na cultura, na vida social e nas artes.

Assim, a primeira grande contribuição de João do Rio está em nos oferecer hoje uma literatura feita no calor da hora, na qual toda a atmosfera do Rio de Janeiro, sobretudo, das duas primeiras décadas do século XX, é posta em evidência. Através de suas crônicas, inquéritos jornalísticos, conferências, romances, peças de teatro e contos, João do Rio traz com acuidade a vida no Rio de Janeiro sem restrição. Na cena literária, João do Rio constitui um observador atento e inquieto da condição humana, com um estilo literário próprio e fascinante, pois o escritor-jornalista se importava em mostrar tanto as vicissitudes da elite quanto as reivindicações dos mais pobres. Trata-se de um escritor itinerante que traz, por exemplo, notícias tanto de uma jovem operária, que fala em feminismo pela primeira vez, quanto da escassez de perfumes importados, uma reivindicação das mulheres pertencentes aos quadros sociais mais elevados da cidade. Enfim, João do Rio tem essa capacidade de retratar belamente um momento muito característico da vida social no Brasil, no qual a cena se confronta com a obscena.

Se, por um lado, temos em João do Rio um autor que cria uma modalidade literária marcada pelo hibridismo, que é a crônica, e que essa "fórmula" vai impactar e influenciar grande parte da produção literária nacional cosmopolita a partir daí, a outra grande contribuição do autor está, a meu ver, na leitura que ele faz do Brasil. Ainda que a crítica literária o tenha reabilitado esteticamente nas duas últimas décadas do século XX, reincorporando-o no cânone nacional, o que faz justiça diante de uma exclusão que foi mantida por pressupostos arbitrários de caráter político, moral, machista e racista, na sua origem, João do Rio não foi ainda plenamente reconhecido como um grande intérprete da nação, como intelectual e escritor *sui generis* que foi. Para além das crônicas e dos outros gêneros literários praticados pelo autor, a produção de João do Rio, que compreende conferências e estudos diversos, precisa ser revisitada. A leitura de sua produção literária é, portanto, necessária, e constitui talvez apenas o começo para uma relação mais profunda com o autor que é ainda incompreendido na sua totalidade.

Isso posto, João do Rio foi reabilitado, mas não foi plenamente reconhecido. Grande parte dos textos que o autor publicava em jornais era, a posteriori, publicado na forma de livro. Assim aconteceu com *As religiões no Rio* (1904), *Cinematógrafo* (1909), *A alma encantadora das ruas* (1910) e outros livros. Mas hoje não temos mais acesso à variedade de suas obras quando decidimos ler o autor. Não vemos no mercado editorial contemporâneo a reedição completa de suas obras, e isso contribui negativamente para a recepção leitora. Ao final, os leitores podem ficar com uma imagem parcial de sua contribuição literária, e com aquela visão de que João do Rio estaria ligado tão-somente ao ineditismo da crônica moderna, o que já constitui uma grande contribuição, mas que não contempla todas as facetas do escritor carioca.

Ademais, alegar esse distanciamento hoje da leitura de João do Rio pela razão de o escritor ter sido gordo, "mulato" – como o classificou certa vez o Barão de Rio Branco – e supostamente homossexual não mais se justifica. Pelo contrário, pode constituir inclusive num motivo a mais para ler João do Rio, pois ele, diante das várias esferas de exclusão que sofreu no decorrer da carreira como jornalista e escritor, soube, entretanto, lidar com esses problemas e conduzir suas energias na concretização de seu reconhecimento social e de seu ideal como autor. Ainda que odiado por detratores, moralistas e invejosos à sua época, João do Rio era o escritor que mais vendia livros em prosa no período, e era muito mais amado pela população. Conta-se que cerca de 100 mil pessoas participaram do cortejo fúnebre de João do Rio rumo ao cemitério São João Batista. Morreu, aos 39 anos, de um infarto súbito dentro de um automóvel, no dia 23 de junho de 1921.

O ingresso de João do Rio na ABL, em 1910, na terceira candidatura registrada, rompe com as objeções das duas vezes anteriores. Os motivos das escusas foram o preconceito por parte dos escritores pela profissão de jornalista, a juventude do candidato e, no crivo da moralidade, a suposta homossexualidade do escritor na vida privada. Machado de Assis, como

Presidente da ABL, negava o ingresso de João do Rio, pois Machado e o grupo que o circundava deviam garantir o "zelo pela honorabilidade" da instituição. O desfecho favorável a João do Rio na ABL só se concretizará após a morte de Machado. Na ocasião, João do Rio toma posse na ABL como o primeiro membro a usar o fardão.

Outra curiosidade sobre o autor, tem relação com Isadora Duncan. Paulo Barreto conheceu pessoalmente a coreógrafa e bailarina norte-americana, considerada a precursora da dança moderna. Ela desembarcou no Rio de Janeiro em 23 de agosto de 1915. O escritor carioca acompanhou-a na sua tournée pelo Rio e por São Paulo. Depois disso, no dia 6 de setembro, Isadora embarcou para Nova York, finalizando sua passagem pela América Latina. Nesse período de visita de Duncan ao Brasil, Oswald de Andrade estabelece contato com João do Rio. No livro *Um homem sem profissão*, Oswald de Andrade faz referência a esse encontro. Trata-se de um momento singular dos bastidores de nossa vida literária. Em entrevista realizada por Mário da Silva Brito, no *Jornal de Notícias*, em 26 de fevereiro de 1950, Oswald de Andrade confirma que, depois de meio século de literatura, duas lembranças aparecem em sua memória: a de João do Rio e a de Mário de Andrade. Assim, ainda que João do Rio não fosse paulista e nem pertencesse ao grupo dos modernistas, Oswald nutria por ele grande afeição e admiração.

Com relação à ascendência de Oscar Wilde na literatura de João do Rio, é bom lembrar que João do Rio foi o primeiro autor a traduzir o escritor estrangeiro no Brasil, e isso, na época, teve um efeito negativo na recepção crítica de sua literatura, pois Oscar Wilde, para além da questão de gênero, era considerado na Inglaterra um escritor menor. João do Rio começa a publicar em partes a tradução da peça Salomé, de Oscar Wilde, na Revista *Kosmos*, RJ, em abril de 1905. Depois, em 1907, a tradução da peça é publicada integralmente em livro. O trabalho de tradução das obras de Wilde por João do Rio vai permanecer, traduzindo mais tarde *O retrato de Dorian Gray*. Assim, o impacto da estética *decadista* de Wilde em João do Rio é bastante visível, vai ajudar a compor o estilo e os perfis de personagens criados pelo autor, porém a literatura de João do Rio é também múltipla, composta por horizontes bastantes diversos, que nos impede de a vermos tão-somente por este prisma.

Em síntese, a literatura e os escritos esparsos de João do Rio constituem um patrimônio vivo da cultura brasileira. Alguns de seus livros, tais como *Dentro da noite* e *A mulher e os espelhos*, por exemplo, podem ser encontrados nas livrarias nacionais. Mas uma parte significativa de sua produção não teve reedição e muitos de seus artigos publicados em jornais continuam inéditos. João do Rio, diferentemente do modo como uma parte tácita da crítica o qualifica, foi um homem de grande consciência política e sensível aos problemas sociais nacionais. Na análise política internacional, João do Rio saiu em defesa do Egito contra os apetites colonialistas da Inglaterra. Na cena nacional, foi contra a lei de repressão do Estado ao anarquismo, tratou da questão indígena, descreveu as religiões afro-brasileiras, refletiu sobre a educação nacional, defendeu a ida de artistas negros para a Europa, reportou greves e fez uma série de entrevistas e reportagens tendo o povo como protagonista. Entre outras coisas, João do Rio nos ensina a remodelar nossas subjetividades e a ter empatia por nossas diferenças.

A propósito do romance *A Correspondência de uma Estação de Cura* (1918), de João do Rio, vamos fazer aqui algumas breves considerações, tendo como pano de fundo o contexto histórico, político e social da época e também a própria trajetória e peculiaridade da literatura do autor. O final do ano de 1916 foi marcado por mais incertezas do que por certezas. João do Rio relata, n' *O Paiz*, o clima tenso da política nacional, no qual a velha ordem teimava a se contrapor à nova ordem. Havia ainda por parte de certos círculos republicanos o temor da restauração monárquica. Na cena cultural e artística, os mais jovens ansiavam por, diante desse contexto político, avançar na alternativa de uma revolução nas letras e também na vida social. Nem monarquia, nem república! Os novos literatos, de acordo com o depoimento de Luis Edmundo, eram "quase todos, socialistas" (in Candido, 1992). A linha que distinguia os anarquistas e os socialistas era bastante elástica, podendo partir desde uma identificação mais profunda com Émile Zola, até chegar a caracterizar um arquétipo de anarquista mais aristocrático, esteticista e individualista, influenciado, sobretudo, pelas ondas de Wilde e Nietzsche.

Com relação ao quadro da geopolítica internacional, o final ano de 1916 marca também um certo cansaço das elites nacionais diante das indefinições da Primeira Guerra Europeia e da necessidade de estabelecer rotas alternativas ao continente europeu, como um modo de existir e de preservar o *status quo*. A Guerra na Europa e as tensões sociais cada vez maiores no Rio de Janeiro criaram desconforto à classe social dominante da cidade carioca e, na área econômica, São Paulo já anunciava sua vocação industrial. Era tempo, talvez, de começar a construir um novo acordo político-econômico nacional, para que a República continuasse a prevalecer. Enfim, foi basicamente nesse "climão" que 1916 terminou, o que gerou grande expectativa para o ano seguinte, 1917: o ano da Revolução Bolchevique, na Rússia, e o ano da escrita parcial, em folhetins, do romance *A Correspondência de uma Estação de Cura*, de João do Rio.

O primeiro capítulo desse romance epistolar sai em *O Paiz* (RJ), no dia 24 de abril de 1917. Há uma sequência de publicações até o décimo oitavo capítulo, em 18 de maio de 1917. A partir daí, João do Rio suspende bruscamente a publicação em folhetins. Os capítulos restantes aparecerão somente depois, na forma de livro. E, no livro, a sequência não aparece linear. Outros capítulos, inclusive com outros missivistas, surgem sortidos entre aqueles que foram publicados pela primeira vez no jornal. Na primeira edição, em 1918, o romance irá reunir os capítulos publicados em *O Paiz* com o acréscimo dos capítulos inéditos. Na versão completa como livro, João do Rio aprimora a forma do romance epistolar e expande o seu aspecto polifônico.

Contudo, durante esse período, João do Rio vai manter uma de suas características, já observada por Antonio Candido, em ensaio de 1978, como um "radical de ocasião" (Candido, 1992). Nos periódicos, o escritor aborda o preço cada vez mais caro das roupas femininas, assim como o vergonhoso índice de analfabetismo da população brasileira. Esse modo abrangente e múltiplo de perceber a sociedade brasileira vai repercutir, também, nesse romance feito por cartas, que constitui uma espécie de cartografia e epitáfio de uma elite social carioca em movimento para evitar a própria desaparição. A nosso ver, com o romance finalizado, João do Rio consegue uma síntese bastante feliz entre a técnica adotada e a sua característica marcante em copiar artisticamente os perfis e os discursos em evidência da época.

Parafraseando o Candido do texto crítico citado acima, toda vez que João do Rio (re)aparece em cena, este escritor aparece de forma mais justa. A partir da crítica de Candido, muitos outros críticos passaram a fazer uma crítica da literatura do autor, por perspectivas teóricas diversas, de forma mais justa e objetiva: Flora Süssekind, Orna Messer Levin, Raul Antelo, José Paulo Paes, João Carlos Rodrigues e Renato Cordeiro Gomes, só para lembrar alguns dos principais nomes, continuaram a leitura de João do Rio e expuseram características fundamentais e mais adequadas à complexidade da literatura do autor. E, com relação à leitura de *A Correspondência de uma Estação de Cura*, é possível que exista muito ainda por compreender.

Tacitamente, divide-se a literatura de João do Rio ora por período de tempo, ora por gênero (narrativa/teatro) ou subgênero literário (ou não-literário) praticado como a crônica, o conto, o romance, a reportagem, o inquérito e a conferência. Com fronteiras assim bem delimitadas, fica mais difícil achar um denominador comum na literatura do autor ou, de repente, encontrar confluências mais reveladoras. Em oposição a essa abordagem tácita de sua literatura, tentamos demonstrar, em livro publicado em 2011 (Cardoso), uma característica igualmente definidora da literatura de João do Rio, a qual denominamos "absolutamente figurinos". E, na análise feita na ocasião, vimos que o romance *A correspondência de uma estação de cura* caracteriza o ápice da elaboração literária do autor, quando tomamos como referência a autonomia das personagens dentro da narrativa.

Em outra ocasião, em "Cartas de um dandy" (Cardoso, 2016), tratamos especificamente da técnica literária adotada por João do Rio na composição do romance *A Correspondência de uma Estação de Cura*:

No que se refere exatamente ao emprego da carta na criação literária, *A correspondência de uma estação de cura* é, sem dúvida alguma, a realização literária de João do Rio mais complexa e harmoniosa. No romance, podemos encontrar quinze missivistas ao todo – incluindo uma carta jurídica – que escrevem para diferentes destinatários. As 37 cartas contabilizadas no romance não estão, todavia, divididas aproximadamente entre os missivistas. Antero Pedreira, Teodomiro Pacheco e José Bento respondem, juntos, por quase a metade das cartas que, no romance, aparecem. Portanto, essas personagens, sobretudo as duas primeiras, têm um papel de destaque na condução da narrativa. Os protagonistas do romance, Olga da Luz e Olivério Gomes, respondem, juntos, por apenas cinco cartas. Embora escrevendo pouco, os protagonistas frequentam as páginas de muitas cartas do romance, porque muitos hóspedes, restritos ao espaço do hotel de uma estação de cura [em Poços de Caldas, MG], os conhecem e sabem, pois, das pretensões de Olivério Gomes e da inocência, apesar de rica, de Olga da Luz (à espera de um pretendente que a faça se apaixonar). Estarão, entre os missivistas, aqueles que apoiam e conspiram a favor do sucesso de Olivério Gomes na relação com Olga da Luz e aqueles que tentarão impedir ao máximo o relacionamento entre os dois (...). (Cardoso, 2016, p. 41-42).

O hábil manuseio de textos menores (cartas, bilhetes, recortes de jornal, tabuletas, diários e outros) ao corpo de um texto maior pode ter evoluído do espaço da crônica para o espaço do romance em João do Rio, para a composição de fabulações mais complexas. E essa transitividade de gênero, na perspectiva da técnica literária empregada, juntamente com o aprimoramento da "personagem figurino", torna *A Correspondência de uma Estação de Cura* um romance primoroso da Literatura Brasileira.

Isso posto, a nVersos Editora disponibiliza ao público o romance *A Correspondência de uma Estação de Cura*, obra que chega em boa hora e que permitirá ao público leitor de língua portuguesa, notadamente brasileiro, tomar contato com as sutilezas literárias do autor e, quem sabe, ser estimulado a pensar João do Rio como um dos grandes intérpretes do Brasil.

Sebastião Marques Cardoso
Doutor em Teoria e História Literária e Docente pesquisador da área de Linguística, Letras e Artes na Universidade do Estado do Rio Grande do Norte.

Referências Bibliográficas

CANDIDO, Antonio. *Radicais de ocasião*. In Teresina, Etc. São Paulo: Paz e Terra, 1992.

CARDOSO, Sebastião Marques. *Cartas de um dandy: um estudo sobre a técnica literária em João do Rio*. Revista de Estudos Universitários — REU, Sorocaba, SP, v. 30, n. 2, 2016. Disponível em:

<https://periodicos.uniso.br/reu/article/view/2828> Acesso em: 30 jan. 2025.

CARDOSO, Sebastião Marques. *João do Rio: espaço, técnica e imaginação literária*. Curitiba: Editora CRV, 2011.

RIO, João do. *A correspondência de uma estação de cura*. Primeira edição. Rio de Janeiro: Leite Ribeiro & Maurillo, 1918.

I

De Antero Pedreira à Sra. Dona Lúcia Goldschmidt de Resende – Petrópolis

Minha excelente amiga

Com que então chove em Petrópolis? Petrópolis não muda, tem a coragem das atitudes. Desde que o mundo elegante é mundo elegante, essa cidade da serra mantém a chuva de verão. Antes assim. O desagradável é vir para Poços de Caldas imaginando Saint-Moritz e encontrar um desabalado ar de dilúvio – que inunda a cidade há oito dias e não nos deixa pôr o pé na rua. O fastio, sombra da chuva, estende a sua trama, e os corredores do hotel, de tanta desocupação, parecem bocejar. Vim antes da grande semana para repousar na tranquilidade de um sanatório quase vazio. Encontrei o hotel cheio! E enervo-me por sermos obrigados a olhar a chuva sem poder sair.

Que fazer? Às oito da manhã o criado acorda-me. Tomo um gole de chá, desço ao banho – onde se dá o primeiro encontro da família balneária. Cumprimentos. Espera na galeria envidraçada, em que os vapores sulfúricos realizam o necessário aspecto medicinal. Banho. Há cavalheiros que tomam de 35° para engordar. Outros mergulham em 41° para emagrecer. Não há ninguém doente. As mazelas, os reumatismos, as seborreias – o mobiliário estragado da sociedade fica por aí noutras hospedarias. Estamos num hotel esnobe. Avisos por todos os lados participam aos doentes de verdade que o lugar não os admite. É exclusivamente de cura mundana. Nas horas de banho consegui uma observação que pode ser lei.

— O sono cansa os homens; o sono faz um enorme bem às mulheres.

Todos esses cavalheiros aparecem pálidos, a boca pastosa, os olhos empapuçados. As mulheres em roupão, ao saltar da cama, lembram frutos colhidos da árvore — são de uma frescura matinal. A imagem da Aurora erguendo-se da noite é uma realidade. Como são fracos os homens e que tremenda resistência física a das mulheres!

Após o banho, envolvo-me duas horas nos cobertores e desço depois a espairecer. O peristilo do hotel acolhe quase todos os hóspedes. Crianças correm — já reparou, Dona Lúcia, como as crianças correm sem motivo? — gritam, esbordoam-se mesmo nas escadas e nos corredores de cima. No saguão, a conversa arrasta-se. Que hão de dizer? No fundo, estando contrariados com a inação, procuram explicá-la.

— Eu precisava repousar! diz um que nunca fez outra coisa.

— Eu nem leio! afirma outro, firme nesse princípio desde que nasceu.

— De quantos graus toma o banho?

E como o cérebro de cada um está preso ao Rio e a São Paulo, a conversa só cresce de animação quando se fala da gente do Rio ou de São Paulo. Fala-se em geral muito mal dos ausentes.

Chegado o momento do almoço, apesar de não haver o que fazer, almoçam todos a correr. Note, Dona Lúcia, razoável a alimentação, os criados de primeira ordem, o comedouro menos desinteressante. Apesar disso não há almoço que dure mais de vinte minutos. À uma hora da tarde na casa de jantar estão apenas os garçons — quase todos rapazes do Rio e de São Paulo — que também veraneiam e fazem a "grande semana".

Acabado o jantar — outra vez saguão. Olha-se a chuva. As crianças continuam a fazer barulho. O parlatório é vão. Em cima, a orquestra toca os mesmos tangos e maxixes que temos a angústia de ouvir, há pelo menos cinco anos, em Paris, em Londres, em Odessa, no Rio, em Buenos Aires, em toda parte onde se tem a ideia da civilização. A iconografia da civilização, antes da guerra, deixara de ser a figura de uma dama vestida à romana com os atributos do progresso. A iconografia da civilização era um sujeito de cabeleira, arranhando tangos ao violino. Na América, a figura ainda continua, após a guerra, de modo que não há cidadinha com dúvidas sobre a sua civilização desde que possua quatro violinistas a tocar num chá a *Paraguayta* ou *El Negrito*.

Atraídos pela civilização, os hóspedes sobem ao salão, imenso. Fica ao fundo uma roleta, que parece complemento e é a oração principal. Tudo aí não se paga – os licores, o café, os charutos, as águas. É preciso ser muito neurastênico para ter má vontade. As senhoras jogam. Os homens jogam. Acabada a civilização, isto é, o tango que se transfere para o clube, a roleta corre atrás da música e os hóspedes descem ao saguão à espera dos jornais do Rio, de São Paulo, da sua vida...

— Que calma!
— Que delícia!
— Eu viveria assim a vida inteira. Quando parte?

Consulta de relógio. Afinal, vai acabar o dia. Duas horas para ler a correspondência e mudar de fato. Jantar. Não há quem ultrapasse o quarto de hora. Os garçons voam. A precipitação é tal que, mesmo não comendo, não é possível escapar à afrontação. Há um motivo: querem todos ir ao Politeama, que começa às sete e meia; consta de cinema e de cançonetas e termina antes das dez, com a mesma orquestra, que, tendo começado no salão, vai voltar ao salão até onze e meia, para terminar no clube pela madrugada. Os banhistas voltam ainda à roleta. Mas às onze horas começam a dispersar. E pouco depois há no casarão o silêncio – aquilo que um ingênuo poeta chamava "o augusto silêncio".

Eis, minha amiga, a vida deste hotel e a minha vida há oito dias.

Vejo-a sorrir com malícia. Não foi a descrição impessoal de um dia ou de uma semana que me ordenou. Foi a impressão dos companheiros, alguns nossos conhecidos; foi a intriguinha, a má língua, a indiscrição, personagem tão agradável aos contemporâneos e tão amiga da História.

Infelizmente, por enquanto, não há nada. Vão chegando apenas os artistas para a comédia brilhante.

Há políticos, fazendeiros, comerciantes, principalmente negociantes portugueses. Um deles veio com a família inteira, trouxe dezoito pessoas. Muito digno de consideração, não só pela fábrica de papéis pintados de que é proprietário, como pela abundância da prole. Chama-se Araújo Silva. Insensivelmente ao dizer-lhe o nome tem-se vontade de acrescentar: — e Companhia. Há nomes que nasceram para firmas. Filhas, sobrinhas e filhos de Araújo Silva são perfeitamente sem significação. Não há rapazes. O namoro, coisa que elas talvez façam menos mal — as mulheres adivinham! — o namoro não existe por falta de contendores. Há uma outra família — marido, mulher e filho. Amam-se e andam sempre juntos os três. Só entre gente simples ainda encontramos desses fenômenos. Acrescente aos dois comerciantes outros casais cujos chefes são sólidos, tomam sempre ovos quentes ao almoço, jogam bilhar, dão gargalhadas — enfim, negociantes em via de se tornarem da alta roda.

Na sociedade nossa — só o negociante português constitui bem definida a burguesia, exigindo respeito. Quando o negociante enriquece, as filhas precipitam-se em casamentos, que as colocam entre os "encantadores". Como presto atenção aos casais, peço permissão para acrescentar que as raparigas brasileiras, esposas desses latagões, não têm o aspecto da desilusão. As gerações devem ser abundantes e decididas.

Tem a Dona Lúcia o pano de fundo da peça, o povo, povo destinado a agir muito menos que nas tragédias de Shakespeare, gênio capaz de rotular a sensibilidade hipócrita da Rainha Elizabeth de vestal do Ocidente...

Artistas – os principais ainda não chegaram. Estão já, porém, o casal Serpa Lessa, Dona Maria de Albuquerque, a insuportável Dona Eufrosina Machado, cada vez mais gorda e mais roleteira; o jovial Nogueira, Miss Wright, a filha do banqueiro, que veio apenas acompanhada dos seus dezoito anos e de uma criada surda; o ex-ministro Velasco Altamira e Sanches Peres com a senhora.

O casal Serpa Lessa chegou aflito. A Íris Serpa Lessa rompera o casamento. Creio que o terceiro. A Dona Guiomar disse-me em segredo que a filha estava inconsolável.

— Viemos a Caldas para distraí-la.

Íris ri tanto, que devemos considerá-la curada. Fez uma liga com a Gladys Wright, cujas ancas arredondam à proporção que o seu perfil de *Proserpina* do Rossetti toma um brilho de gula quase escandaloso. Gladys Wright vai ao banho pela manhã e à tarde, joga o pingue-pongue, o bilhar, a roleta.

Dona Maria de Albuquerque é a nossa querida Dona Maria de sempre. Alta, macia, os cabelos de neve a aureolar-lhe a face moça – aquele ar imponente e suave de *pairesse* que amasse as intrigas de Versalhes e trouxesse para a selvageria americana tudo isso e mais alguma coisa. Inteligentíssima, complacente para faltas alheias, conhecendo a sociedade desde 1870, dona de um nome ilustre...

Não acredite que eu esteja *emballé*, tem acontecido a tanta gente boa! Amo, porém, Dona Maria, como quem admira o manto do imperador, os coches do paço. Ela diz coisas e ajuda o amor...

— Nada mais sério do que o amor! Se a juventude soubesse...

De resto, creio que o amor minguou assaz a renda de Dona Maria. Esse exílio do Rio e de Petrópolis, a vida quase contínua de cidades d'água, de Poços para Caxambu, de Caxambu para Guarujá...

O curioso é como a enerva o jovial Nogueira. Quando o jovial Nogueira aparece com aquela cara patibular, em que o sorriso parece uma careta, e põe-se a ser "o centro das atenções", Dona Maria ergue-se.

— *Je ne peux pas le souffrir!*

Quanto ao Velasco e aos Sanches – tal qual. Os Sanches são os escravos da moda. Absolutamente figurinos, gravuras da *Vie Heureuse*. Dá vontade de apalpá-los a ver se são mesmo de carne e osso. O Sanches faz, entretanto, um esforço: está lendo (ricamente encadernado) o quinto volume d'*Os Miseráveis*, de Victor Hugo.

Ia fechar esta carta tão longa e tão novidadeira já. Mas, tendo descido à espera dos jornais, vejo a chegada dos nossos hóspedes: um sujeito magro elegantíssimo e desconhecido, um pobre homem gordo e no mesmo carro do homem gordo Teodomiro Pacheco, o parisiense Teodomiro – absolutamente neurastênico.

Teodomiro saltou da tipoia em movimento, estendeu-me a ponta dos dedos.

— Tu, na selva?

O saguão inteiro olhava-o.

— E tu?

— Venho conter-me. Haverá neste albergue travesseiros?

E subiu sem esperar resposta, seguido dos criados, das malas e do nosso espanto. Não sei se conhece Teodomiro. Em Caldas, ele deve ser interessante.

Mande-me notícias suas. Eu continuarei a cumprir a promessa. Beijo-lhe as mãos com amizade e respeito.

Antero

II

José Bento, secretário dos Oleps, a Justiniano Marques – Pensão Bucareste, São Paulo

Cá estamos, felizmente bem, Justi. Pensava escrever-te há três dias, desde que chegamos. Mas os preparativos da instalação, as atenções, os mil olhos que hei de ter para não chorar depois as tolices das minhas cavalgaduras, tomaram-me o tempo. O trabalho é realmente penoso. Para começar, imagina quem nos aparece em São João da Boa Vista? O André Miranda. Nós todos sempre o julgávamos em Ribeirão Preto, "levando o dele". Torrando os brilhantes da velha Ibanaia. De fato lá foi. Mas a Ibanaia atirou-se ao jogo e, como se dava ao luxo de não fazer *michés*, com a grande paixão pelo André – o *cassoulet* limpou-a. Sem vintém, o casal foi parar a São João, fazendo um duo – os Ibanaia. Aqui, a história embrulha-se. Parece que Ibanaia cedeu aos conselhos de um velho coronel para tirar as joias do prego e o André, como sempre, deu para namorar demais uma rapariga solteira, cujo irmão o aconselhou também a embarcar. A fantasia separou-os. André entrou para o nosso vagão, com duas valises contendo o seu repertório e toda a sua roupa, inclusive a branca. E falou. Sabes que melro é o André. O Oleps estava comovido. A estúpida russa mulher de Oleps também. Eu pensava na vantagem e nas desvantagens de reunir ao grupo o André. Esse rapaz tem bom físico, é simpático, cínico, canta bem, apesar da pretensão, que o torna ridículo. Mas tem a mania de ser conquistador, de ser amado por todas as mulheres casadas, solteiras, viúvas, reservadas, livres. Com ele está-se sempre à espera de um escândalo.

Fiz ver aos Oleps e ao André, em Cascavel, a minha responsabilidade. Até aqui, a turnê tem sido razoável e nós sempre considerados, graças às relações e ao respeito com que cerco o negócio. O contrato de Poços é excelente. O coronel concessionário do Politeama, amigo do Pinheiro Machado, é um cidadão calado, mas que não gosta de brincadeiras. Se André começasse a conquista? O malandrim prometeu portar-se bem, assegurando que as aventuras eram o passado. E habilmente informou ir para o Radium, e o Gibimba.

Como desejamos quinze dias com sucesso, e o Radium é rival do Politeama, como os Oleps só dançam, não nos convinha absolutamente semelhante concurrência. André, quer no Radium, quer no Gibimba, como *cabaretier*, engoliria a concurrência. Assim cheguei a Caldas com o André a mais, tendo que convencer o coronel de que o nosso homem é excelente.

Esse primeiro esforço foi logo de cara e seguido de um trabalhão. Nós não paramos. Às sete da manhã temos de acordar para ir aos banhos sulfurosos. Não precisamos, mas faz bem, mesmo porque anima às termas a presença dos artistas. Segue-se passeio. Depois almoço e ensaio. Vamos para o Éden. Jogamos de faróis no *five o'clock*. Arranjei sessenta mil-réis por dia para os Oleps e quarenta para o André. Em seguida, é preciso passear de aranha, ir tomar a água de uma fonte. Voltamos para jantar. No Politeama, estamos até às dez, hora em que entramos no Éden para ir deitar quando a animação cessa de todo.

Assim não me tem sido possível pensar na revista que o Pereira deseja para julho. Apenas na turnê colecionei umas anedotas de caipiras. E se escrevo agora é aproveitando um ensaio do meu jardim zoológico, que aqui deve ficar a quinzena, porque os Oleps agradaram e o André, com as modinhas no Politeama e berrando como *cabaretier* no Éden, põe doida toda a gente.

Teu *José*

III

*Antônio Bastos ao Major Bento Arruda, diretor do Clube
dos Mirabolantes – Rua do Passeio, Rio*

Bentoca
Cumpro as tuas ordens, após oito dias de Caldas. O negócio aqui precisaria de muito capital, de muita luta e, principalmente, de muito tempo. A cidade está dividida em dois campos. De um lado o Arnaldo, coronel, que soube conquistar a gente limpa, e de outro os "gaviões" – O Poneti, o Cara Doirada, o Dunca e o Ginja. O Ginja tem uma sala ordinária e mal frequentada. E todos descompõem o Arnaldo e dizem que hão de desbancá-lo. Já houve um conflito declarado, em vez de guerra em surdina; e eles, os "gaviões", tiveram de recolher a unha. O Coronel Arnaldo é um bom sujeito, que tomou do Pinheiro Machado aquele ar de quem está ouvindo para decidir com a segurança de ser infalível. Pôs o jogo aqui em um pé de limpeza igual ao do Rio e soube aos poucos desfazer-se dos "águias", amparando, em vez, uns guris, desses de cabresto, que não o podem enganar muito e não são mestres em "sacudir a frigideira". Assim, lorde, silencioso e teimoso. Creio que a luta foi para ele, desde o primeiro dia, e continuará a ser. Mas, sem cheta ou com dinheiro, ele é o mesmo. Se quisesse trabalhar um pouco, o movimento de cada estação deixar-lhe-ia uns cem contos livres. Entretanto, não compraria o seu lucro por cinquenta.

Não vás pensar com isso que Arnaldo seja menos inteligente. Ao contrário. O que ele é é amigo íntimo do defunto Pinheiro, relacionado com a melhor gente, oferecendo jantares aos jornalistas seus camaradas, carteando-se com deputados. Trata o negócio como diretor de empresa, do alto. E, quando os meninos, filhos de graúdos, vêm cá embriagar-se, jogar sem pagar – paga tudo e jamais manda as contas aos pais, e não diz nada a ninguém da roda.

Um fato pinta o coronel:

No forte da luta, quando os "gaviões" quiseram voar, o coronel abriu polêmica. A cidade estava dividida por dois jornais. Um amigo meu, tipo curioso de mineiro irônico e culto, mas despreocupadamente boêmio, foi ao seu escritório.

— Boa noite, coronel.

— Boa noite, a vosmecê.

— Coronel, desejava pedir-lhe um favor.

— Peça. O que está aqui é de vosmecê.

— Não é isso. Queria pedir-lhe o favor de aceitar um conselho. Posso falar?

— Fale vosmecê.

O meu amigo sentou-se e provou ao coronel a inconveniência da luta. Para que dar importância a uns indivíduos inferiores? Só à árvore com frutos atiram pedras. Ele era um homem que tinha o que perder, porque já fizera muito. Nesse tom falou vinte minutos. O coronel, calado, com o queixo fincado na mão, ouvia. Quando o meu camarada terminou, o coronel ergueu-se:

— Vosmecê acabou?

— Acabei.

— Eu também quero lhe dar um conselho.

— Aceito.

— Menino, vá bugiar! E, quando quiser voltar, volte!...

Atualmente, afora os inimigos das casinholas, há, em pé inferior, contra o cassino e o clube do coronel, um cassino e um clube.

Já vês como é impossível montar em Poços uma sucursal do Clube dos Mirabolantes. Ficaria caríssimo, por nos faltar um cassino para aproveitar as artistas, e por tudo o mais. Teríamos a luta com os "gaviões", com o Gibimba, com o coronel, inevitavelmente. Quem ganharia? O coronel! O movimento é grande. O jogo cumpre o seu dever. Eu, para tomar informações, tenho ido a toda parte. E, no salão de jogo das famílias, encontrei a sogra do Alarico Sousa, aquele rapaz milionário que em solteiro era o Lorde Marreco, do Clube dos Políticos. É uma tal Dona Eufrosina Machado, senhora gordíssima e muito importante. Mas, como a velha joga! É a primeira a sentar-se e a última a levantar-se. Perde sempre e continua. Ainda não pagou ao hotel uma só semana, e dizem que já pretendeu empenhar os brincos a um *croupier*. O coronel passou violento carão no rapaz e mandou abonar a excelentíssima.

— Distração de senhoras! disse ele.

É lá possível concorrer com um homem assim!

Mando-te estas notas a correr, um pouco misturadas. Há muito tempo que deixei de saber escrever. Mas não quero terminar sem repetir: pensa em tudo, menos em embarcar o Clube para a estação de Caldas.

Totônio

IV

*Dona Eufrosina de Passos de Machado
a Dona Eponina de Machado de Sousa – Gávea, Rio*

Minha filha
Pesei-me hoje. Ou a balança não regula ou estas águas já não me fazem efeito. Estou com o mesmo peso – 136 quilogramas. Deram-me um apartamento em que me alojei com a Lili e a Vicência. E, como a sala de banho está à mão, tomo três banhos das tais águas por dia. A tua filha tem passado bem, dando-me imenso trabalho, a mim e à Vicência. Está insuportável e bate nas outras crianças. Outro dia arrebentou o nariz de um menino filho de um negociante, obrigando-me a falar com esse homem. Infelizmente ainda não estão cá as pessoas com quem a gente se pode dar. A condessa escreveu-me que não pôde embarcar em virtude de uma doença grave da Darling, aquela cadelinha japonesa que lhe fez presente o Conde de Protz, secretário da Alemanha.
Não tenho diversões. Aborreço-me com o regímen a ver se acabo com esta doença da gordura, que o doutor considera uma diátese dolorosa. Já acabei o quarto volume do *Rocambole*. Se encontrares os outros, manda-mos.
Desejava escrever ao Sousa. Mas teu marido anda muito mal comigo. Não é que só me manda o dinheiro justo para pagar o hotel? Esquece que a Lili tem despesas, os quartos aumentaram de preço e a criada, a pequena, eu – três mulheres

sem um homem, havemos de ser exploradas. No tempo de teu pai eu não sofreria o dinheiro por tamina. Agora, porém... Convence-o a mandar mais alguma coisa. Desta vez ainda nem pus os olhos na roleta.

Tua mãe *Eufrosina*

V

De Antero Pedreira à Sra. Dona Lúcia Goldschmidt de Resende – Petrópolis

Minha querida amiga
Bom dia. Acabo de conversar com o Teodomiro e recebo a sua deliciosa carta, indagando se Teodomiro já aqui chegou. Sinto na sua pergunta principalmente o aborrecimento do que se passa em Petrópolis. Sempre a mesma coisa? Há nada mais aborrecido do que a mesma coisa?
Daí várias imposições ao meu espírito. Preciso diverti-la a distância e não me repetir, quando o meu desejo seria ficar a vida inteira a louvar-lhe o espírito. Que fazer? Afinal, conversar dos outros é sempre procurar o nosso mútuo agrado. Em vez das intrigas de Petrópolis conto-lhe a história da viagem de Teodomiro?
Quando abri a sua carta, Teodomiro narrava-me essa viagem de Campinas a Poços. Farei o esforço de recompô-la? Imaginando-a a sorrir, a isso me abalanço.
Teodomiro estava só no salão do carro de luxo que o levara de São Paulo a Campinas quando ouviu a voz do guarda.
— Às ordens de Vossa Excelência.
Teodomiro olhou o guarda. Se estivesse na Europa, teria dado uma gratificação. Em Campinas, era impossível. Desceu

atrás de um carregador que lhe levava as valises de couro, as valises mandadas fazer em Londres, com fechos de ouro.

— Vossa Excelência pode almoçar. Há trinta e sete minutos de espera. Eu guardarei as malas.

Teodomiro olhou o movimento febril da estação na manhã de sol indeciso. Almoçar à hora em que habitualmente não estava levantado! Seria o novo regímen. Andou com fúria até ao fim da plataforma, onde se estabelecia o hotel, entrou, recuou, tornou a entrar. Na sala imensa serviam em louça um mau almoço a um punhado de sujeitos vorazes. O melhor era não comer. Mas o comboio só chegaria a Poços às quatro da tarde e passava um dos criados levando um pedaço de carne fumegante. Teodomiro sentou-se resolvido – não à mesa redonda, mas noutra pequena, a um canto. Esperou. Impacientou-se. Bateu com a faca no prato. Tornou a bater. O criado veio cheio de pratos.

— Que quer?

— Ovos, um bife. Você demora?

— É rápido.

— Que prato leva aí? Cheira bem.

— Olhe. Coma o número do almoço, ali com os outros viajantes. É mais rápido, e garantido.

Teodomiro consultou o relógio. Tinha apenas vinte e cinco minutos. Não hesitou mais. Correu à mesa, onde mastigavam vários senhores, na maioria portugueses. Tomou um prato de canja – inenarravelmente má. Sentiu fome. Atirou-se aos outros pratos, de repente esfomeado. Comeu assim uma quantidade compacta de alimento em dez minutos. Depois, como ainda lhe restava um quarto d'hora, acendeu um charuto, pôs-se a andar pela plataforma, julgando-se uma vítima do destino universal. A estação cheia – ninguém lhe prestava atenção, e ele sentia-se caminhando para o desconhecido.

Teodomiro de Sá Pacheco é um brasileiro como deve haver muitos outros. Tem como base das suas opiniões o Brasil, um país à beira do abismo; e desconhece por completo o Brasil. Em compensação, viaja a Europa, de que conhece muito bem os menores detalhes, e julga-se feliz. A felicidade é muito relativa. Quando rebentara a guerra, Sá Pacheco ia precisamente partir. Ficou. Mas de tal maneira andaram os negócios de amor e de dinheiro (perdas em ambos os ramos, consecutivas) que a neurastenia não podia deixar de lhe ser um elegante capital.

Teodomiro estava neurastênico. Quis tratar-se. Onde? Em São Paulo restavam alguns amigos, que o aborreciam. O resto do Brasil causava-lhe pavor. Que seria isso por aí? Sem conforto, sem legumes, sem trufas, sem travesseiros! Levara assim dois meses na angústia da hesitação até que um dos seus médicos, médico de sociedade, membro de várias academias literárias, aconselhou:

— Europa.

— Mas os submarinos?

— Então, a roça!

— A roça?

— Uma ideia: Poços. É inteiramente outra coisa...

Outra coisa! Ele precipitara-se. E estava ali, arrependidíssimo, seguindo para Caldas, ouvindo as conversas dos caixeiros-viajantes, quase todos lusitanos. Era impossível não sentir que aquilo tudo parecia ser dos ditos caixeiros. Eles moviam-se sólidos, bem-dispostos, bem-vestidos. Eram os descendentes dos bandeirantes. Iam buscar o ouro ao sertão. Ficariam ricos. Já decerto o eram. E não deixariam de ter muitos descendentes, com aquela solidez ardente.

Mas a sineta tocava. Teodomiro instalou-se numa poltrona, defendendo a contígua com as valises.

O comboio, muito inferior ao que o trouxera até Campinas. Teodomiro sentia no ambiente um vício nacional que sempre o revoltara: a familiaridade. Duas horas depois do trem seguir aquela gente toda estaria íntima, atirando-lhe perguntas. Precisava isolar-se.

Isolou-se, olhando a natureza. A noção de Teodomiro acerca da natureza do Brasil limitava-se à da floresta virgem, inacessível à mão humana. Logo ao deixar Campinas, diante dos seus olhos estendeu-se o mar de café. Era café, pelo que ele vira em fotografia. Aquelas árvores de um verde-escuro, todas da mesma altura, plantadas a igual distância uma da outra na terra roxa. Depois, como fazendo uma barra verde-gaio nos panos verde-garrafa dos cafezais — os pés de milho, de largas folhas. A sua impressão foi por isso mesmo econômica.

— Que riqueza! Como esta terra deve dar dinheiro!

Os cafezais continuavam, agora interrompidos por extensíssimos pastos e por milharais vastos, de modo que quando havia em alguma curva projeção d'horizonte, ele via a terra coberta de panos verde-escuro e verde-claro. O comboio parava pelo menos de quarto em quarto d'hora. Havia estações de movimento, com trens d'animais e trens de carga sobre os trilhos e uma população irrequieta nas plataformas. Outra noção de Teodomiro era que, ao deixar as avenidas do Rio ou de São Paulo, teria de encontrar índios e negros. Não via índios. Pretos eram raros. Mas o curioso é que o ar, a natureza, moldara tanto as criaturas que havia velhos italianos com o aspecto de caciques de taba aimoré.

— O prodígio da terra!

Insensivelmente, estava um pouco menos irritado, graças ao imprevisto dos aspectos. Então existia de fato a prodigiosa fortuna do café? Havia na verdade como na Europa os milharais? E a terra ainda tinha força de mascarar os estrangeiros, de mudar-lhes a cara e de fazer dos seus descendentes um povo novo?

Entre as estações davam-se também pequenas paradas em sítios onde apareciam quatro e cinco casas no máximo. Via-se a paragem em atenção aos donos das fazendas. Mas, quer nessas, quer nas estações, que se distinguiam pelas casas pequenas com letreiros enormes dando-se por grandes fábricas, Teodomiro tinha de incomodar-se, assustar-se. O movimento de entrada e saída dos viajantes, no carro em que se colocara, era o mesmo de um bonde do Engenho Novo, no Rio, às cinco da tarde. De fato, a zona inteira comunicava-se pela via-férrea, visitando-se, negociando, combinando, passeando. Sujeitos embarcavam dizendo: "Até logo!" Decididamente, ele viajava num dos trens Campinas-Poços, como num *tramway* de subúrbio da sua cidade. Estava quase a sorrir, quando, numa das estações, um cidadão de bigode, guarda-chuva e pera, apareceu com uma pequena.

— Estará desocupado este lugar, cavalheiro?

O choque fez com que Teodomiro desocupasse a poltrona das valises e indicasse outra ao cidadão. Depois, já, sem poder estar isolado, ergueu-se, foi até a porta do vagão. Dois homens, o primeiro brasileiro, o outro talvez italiano, conversavam alto. Com seguro pasmo Teodomiro notou não compreender o que eles diziam. Prestou maior atenção.

— Eu adesso daí para ele que non é dos bão.

— Santa Virgine, é memo una dor. Oramai vai a topar ele?

— Per Deus!

Os dois falavam a correr. Teodomiro apanhava no ar algumas frases. Era a língua daquele povo, era o futuro novo idioma do povo que se fazia! Teodomiro fechou a porta, voltou ao seu lugar, e ouviu a voz de um dos caixeiros-viajantes que conversava para outro comboio.

— Estou a agradecer vocês. Gostei imenso. Lá irei a vossa terra, ainda esta semana.

E a neurastenia não pôde deixar de sentir a injustiça de pouco antes. Esses, ao menos, os caixeiros, mantinham a sua língua, conservavam-na fortemente. E pena é que fossem tão poucos diante da multidão já sem ter do português senão o conhecimento que um habitante da grande Grécia tem do italiano!

O comboio continuava. Pelos seus olhos continuaram de passar os cafezais, os milharais, os pastos – interminavelmente. Não acabariam mais? As impressões de Teodomiro quanto à paisagem em geral eram ou literárias ou mundanas. Desde que, em vez da *jungle*, com macacos e araras, ele tivera o imprevisto das culturas, após a admiração, teria de imediatamente comparar e lembrar. Lembrou-se dos prados ingleses, de versos de Walt Whitman:

Maravilha de Universo em todas as moléculas!
Essência espiritual das coisas!

Achou-se idiota e ainda mais idiota o poeta. Mas os bois, repousando em torno das grandes árvores, nos pastos imensos, lembram-lhe quadros de animalistas vistos nas últimas exposições, e os coqueiros, que de vez em quando surgiam nos milharais, recordavam-lhe umas gravuras coloridas que representavam o coqueiro com um negro embaixo e tinham como título o seguinte: "L'Afrique". Depois, havia árvores de tal harmonia de linhas, de uma tão copiosa expressão de beleza que, sem comparações e sem lembranças de coisas iguais, vinha-lhe a curiosidade de lhes saber o nome, pelo menos. Quando, porém, queria perguntar, logo o aspecto seguia recordativo e cômico. Assim, nas curvas, quando o trem passava rente às plantações nos barrancos e de repente surgiam, entre os pés de café e os pés de milho ou as touceiras de cana, dois ou três vultos de trabalhadores. Eram exatamente as gravuras dos romances de crimes e de mistério!... Afinal, durante uma grande extensão, a bordadura dos cafezais renitentes e reluzentes passou a ser de árvores cujas folhas de verde pálido, em forma de gomos, se ligavam formando as válvulas de conchas, onde se derramava uma cor de vinho. Vistas de cima, essas árvores eram como candelabros erguendo vírides patenas molhadas de mosto. No vento que as sacudia, algumas perdiam as folhas, mostrando, agarrados aos troncos, cachos negros. Era em torno da riqueza teimosa dos cafeeiros como um friso de ebriedade, de alegria. Teodomiro queria descobrir o nome dessas árvores lindas e ao mesmo tempo receava adivinhá-lo no seu mundanismo e na sua literatura. Voltou-se para o cidadão grave:

— O nome dessas árvores, cavalheiro?

— Jabuticabeiras, Sr. Doutor.

Eram essas árvores! Aquelas folhas que lembravam os pâmpanos das bacanais, aqueles cachos como de uvas, aquela beleza cem vezes maior que a das vinhas, aquele ofertório de parras bêbedas de sumo roxo eram as produtoras de uma fruta que ele não comera senão em criança, por não ser elegante... Que homem era ele!

Então Teodomiro pensou em Shakespeare, na velha frase de Hamlet, e a sua neurastenia fê-lo julgar não mal dos outros mas da sua pretensão. Que palermice o esnobismo! Duas horas de viagem na sua terra apresentaram-lhe mais surpresas que um dia de vagão-leito pela Europa. Surpresas tanto mais impertinentes quanto deviam ser surpresas apenas para ele e para os de sua casta. Era preciso aproveitar! E, com a subitânea inconsequência dos nervosos, Teodomiro, que desejava muito antes não ver os companheiros de viagem, desejou subitamente observá-los, conversá-los, travar relações.

A primeira figura a quem sorriu, um rapaz gordo, logo se aproximou:

— Vossa Excelência vai para Caldas?

— Vou.

— Para que hotel?

Precisamente ele era de um hotel para o qual não ia Teodomiro. Falou mal desse ao qual Teodomiro se dirigia, terminando por ter a certeza de que, apesar de mau, Sua Excelência não encontraria lugar. Estando todos os hotéis cheios – esse estaria também repleto.

— E o seu?

— Refiro-me aos hotéis ordinários. A estação está animadíssima.

Teodomiro, por isso mesmo que não acreditava no rapaz, tinha o receio de se ver de repente abandonado, sem hotel, sem alguém para lhe tirar as bagagens.

— Em todo o caso, se me não agradar, vou para o seu...

E entrou a ver os seus companheiros, os que seguiam até Poços. Havia, em primeiro lugar, uma numerosa família. Quatro meninas, duas quase moças, um jovem de cinto de coiro – gênero *sportsman* –, a matrona e o pai. O casal era português, ela gorda, de dentes sãos e anéis nos dedos. Ele baixo, bigode, as pernas meio curvas de estar sempre de pé a servir ao balcão. A prole brasileira era bonita. As raparigas sentavam-se com a mais moderna elegância, isto é, de modo que a avó teria reprimido na mamã. A mamã falava-lhes a cada momento, como temendo o apetite do vagão inteiro – vagão que aliás pensava noutra coisa. O pai era uma dessas figuras ativas d'ânimo simples e severo, cuja opinião a respeito de viagem é que a viagem não pode deixar de ser um piquenique. Em todas as paradas precipitava-se para o apeadeiro e comprava para os filhos tudo o que se vendia: café, fruta, doces, pães. A família devorava, tagarelando. Que iriam fazer a Caldas?

Um pouco adiante estava um senhor pálido, de cavanhaque, todo de preto, da cabeça aos pés. Esse depositara meticulosamente o coco negro, tirara os óculos negros e devagar chupava um cacho de uvas, por coincidência também negras. No banco da frente, um negociante de óculos e botas de elástico olhava, severo, tendo ao lado um rapazito que roncava. Dos caixeiros--viajantes, restavam dois, perfeitamente discretos – o que é contra a opinião geral que se tem da classe. E, entrando e saindo do vagão, batendo as portas, conferenciando, sentando-se ora aqui, ora acolá, discutindo – quatro agentes de hotéis, um dos quais ornamentava a gravata de um inverossímil alfinete com aparências de refletor d'automóvel.

Era impossível conversar. Mesmo a efusão neurastênica de Teodomiro hesitou. O rapazito que já lhe falara tornou com o seu ingênuo vinco de reclamo:

— Vai Vossa Excelência depois de São João ver o aspecto da subida da serra. Logo depois da afamada estação das águas para beber...

O trem parava. Era o que o rapazito denominava "uma estação intermediária". Gritos dolorosos ecoaram. Os viajantes precipitaram-se. Um grupo grave tomava o trem. O homem magro e baço erguia nos braços uma menina quase moça vestida como se fosse à festa. A menina gritava:

— Meu Deus! ai! vou morrer! ai!

E atrás, a mãe chorava, erguendo um xaile enorme. Teodomiro falou ao chefe do trem.

— Maleitas, fez este. Está grassando por aqui. Vão a São João, que tem médico, porque aqui é um simples sítio que se chama Ipê.

— E vai conosco? — perguntou o pai sadio da numerosa prole.

— Onde havia de ir?

Era o Brasil de que sempre ouvira falar o elegante Teodomiro. Por isso, a neurastenia de novo o atacou no seu aspecto de misantropia. Encolheu-se e olhou a paisagem. Essa continuava com café e milho. Afinal, já cansava tanto café, tanto milho...

Só em Prado, uma estação cheia de flores, que lhe lembrou as estações italianas nos Alpes, Teodomiro tirou as vistas dos campos. Entrava um homem gordo, e decerto conhecido na redondeza. Trazia duas malas, uma das quais dizia ser de perfumes, "dessas coisas que servem ao apuro da higiene corpórea". E berrava!

— *Al rivederle! All right!*

Um dos agentes d'hotel indagou:

— O coronel vai a passeio?

— Vou a passeio... vou a passeio, vou a passeio... vou a passeio...

— Chega, já sei...

— É para não perguntar mais!

O vagão inteiro ria, divertido. O coronel parecia um desses malucos inofensivos encarregados de divertir o próximo. Sentou-se.

— Hum! Hum! Hum! Mylord George, inglês!
— Coronel, está alegre.
— Hum! Hum! Hum! Mylord George, inglês!
— Bela paisagem!
— Exato. Exatamente. Exatissimamente.

Irritado com o homem que gritava, Teodomiro lembrou-se de uma comédia de Goldoni, em que havia um velho a dizer de instante a instante: *bene, bene, benissimo*. Quando o alegre veneziano pensara na realidade da sua criação? Tudo no fundo é literatura. E no Brasil a literatura só pode ser traduzida...

A locomotiva galgava a custo as montanhas. Esse pensamento pessimista de Teodomiro podia ter uma alegre e amável prova no que ele via – as florestas traduzidas em vulgar, as florestas feitas celeiro de café e de milho. Eram montes que se engastavam em montes mais altos formando bossas, firmando-se em vales largos. E do alto, os olhos viam a extensão inteira dos montes com o verde macio do milho, o verde luzente dos cafezais e, por fim, colmando os píncaros, e às vezes descendo a pique entre milharais e cafés – o verde-negro das florestas espessas. Um cheiro morno e leve, um cheiro de enleio e de saúde vinha no ar dessas extensões de lavoura suspensas nas montanhas.

De repente o coronel berrou:

— E dizer que vi plantar aqueles pinheiros! Mylord George, inglês!

De fato. Num vale, como num viveiro, emplumava-se a espinosa resina dos pinheiros, subindo encosta acima, entre eucaliptos. E no alto, atirando os ramos de bálsamo ao céu, os troncos dos pinheiros ilustravam de taças verdes o fundo cinza do céu de chuva.

— Chegamos.

Teodomiro ergueu-se, sentindo um arrepio de medo, uma infinita tristeza. Que seria dele, só, sem o seu conforto, sem a sua sociedade, sem os seus travesseiros? Olhou mais, para ver a cidade. E diante dos seus olhos, viu uma enorme árvore de verde sumo, arredondando a curva dos ramos – de modo que parecia ao longe abrir-se cada folha numa flor cor de aurora!

— Maravilha! Maravilha! Aquela árvore!

— É uma paineira! – explicou, espantado, o agente do hotel.

— Bom agouro!

— Por que, Sr. Doutor?

— Devemos ter no hotel ao menos travesseiros de paina!

Teodomiro enganou-se. Os travesseiros de Poços são os mais duros travesseiros do mundo. E, quanto às jabuticabas, de que fez uma descrição pagã e clássica, não se trata de jabuticabas, mas de uma variedade feminina do mamão – que dá óleo! Pobre Teodomiro. A vida é a eterna ilusão... Seu com o coração.

Antero

VI

De Teodomiro Pacheco ao Sr. Godofredo de Alencar, homem de letras — Jockey Club, Rio

A minha neurastenia! Perguntas se melhorei da minha neurastenia? Decididamente não conheces uma estação de cura no Brasil. É o caos de uma grande cidade abrindo em vício num local ingênuo. Cá encontrei toda a gente das festas e toda a gente menos boa do Rio e de São Paulo. Duas horas depois de chegar comecei a ouvir o rumor das fichas, compassado pelos sons roucos dos ancinhos nos panos verdes. Era no hotel. Disseram-me que, se saísse depois do banho, apanharia uma gripe. Saí. E o som das fichas continuou a seguir-me. Às vezes vem de cima e parece um regato saltando nas pedras de uma cascata; quase sempre é nos rés-do-chão e temos de costeá-lo como se ao lado das ruas fosse molemente de encontro às paredes a vaga de um oceano. O terrível Aristófanes, fazendo falar os pássaros como ao pobre Eurípedes, inventava palavras onomatopaicas. Eu ouço agora a linguagem das fichas. Mais do que em Nice. Mais do que em Monte Carlo, onde só se ouve as fichas quando se quer. Para exprimir esse ruído seria preciso inventar, como Aristófanes, uma série de onomatopeias sem sentido. É uma eterna e irônica música, uma cavatina indiferente e cínica. Dá-me a impressão de Satanás remexendo em pastilhas os ossos dos pecadores e atraindo, como um alquimista, todos os doentes, todos os ambiciosos, todos os levianos que acreditam na transmutação dessas pastilhas em moedas de ouro. Pura magia. Puro delírio!

Fechei-me no quarto. Uma orquestra mandava até o quarto um tango. Fechei as janelas. Ouvi uma voz rouca de mulher cantando a *Paraguayta*. Há pegado um café-cantante, à noite em função e durante o dia em ensaio. Que fazer? Conversar com Dona Maria de Albuquerque, sempre amorosa, a ponto de dar agora para ajudar os amores dos outros? Com Antero Pedreira, insuportavelmente mundano, que interroga a gente, reclinado nas cadeiras e esticando os pés cansados no Meyer? Trocar ideias sobre o descanso de Caldas com cavalheiros e damas sem significação? Parecia-me que estava numa jaula. Estive quase partindo. Mas para onde? Com os submarinos alemães, a Europa é uma alucinante conquista. O Rio enerva-me. São Paulo faz-me perder a calma. Para onde ir?

Depois de uma noite de insônia, tomei resoluções extremas. É evidente que a minha neurastenia vem da falta do que fazer e da falta de necessidades. Conheci da ignorância em que estou das coisas do Brasil desde o começo da viagem. O Brasil decididamente tem grandes problemas a resolver. Em vez de fugir ao meio ou perder o meu tempo "divertindo-me", como fazem estes cavalheiros do hotel, estou disposto a estudar aspectos para mim inéditos. Mandei buscar por telegrama os meus travesseiros – porque, apesar da abundância de paineiras na paisagem, os travesseiros de cá são mais duros que o macadame da Beira-Mar. E saí a conhecer. O conhecimento é inútil. Este pensamento, por outras palavras, está em todos os trágicos gregos, e depois em todos os escritores que sabem. Ainda assim, inútil, ou por isso mesmo, deve tomar tempo. Entreguei-me à roleta, isto é, entrei em todas as tavolagens – porque jogar dá--me insônias e palpitações.

Há cinco classes de tavolagens em Poços. À primeira pertence o pano verde do Grande Hotel. É a roleta em que jogam os senhores e senhoras da alta sociedade veranista. Nada como o vício para ligar. Senhores, que não se conheciam na véspera, tratam-se por você. Há perguntas fatais:

— Então, como o têm tratado?

Há frases hipócritas e fatalíssimas em todas as bocas:

— Que se há de fazer para matar o tempo?

Os jogadores — frios como algodão gelado — preparam um ambiente amável. A orquestra toca. Os criados oferecem café, charutos, licores, refrescos. E eu quase me divirto com o contraste entre as caras indiferentemente bonacheironas dos *croupiers* e a agitação de sapos diante da serpente que são os jogadores não profissionais — ministros, banqueiros, "encantadores", comerciantes, advogados.

— É impossível ter sorte em tudo! é a exclamação quando as cédulas de cem desaparecem vagarosamente na caixa do banqueiro.

— Está dando a primeira dúzia. Se eu jogasse, dava a terceira!

Há momentos de acalmia. O pano verde — pintado por um especialista de São Paulo, que assina o nome todo a um canto e põe entre parênteses: vulgo Rafael — o pano verde está vazio. De repente aparecem algumas fichas. É a onda a formar-se. Logo outras. Mais outras. Sente-se o nervosismo das mãos nos *tric-tric* das fichas amontoadas. Em pouco — verdes, amarelas, brancas, azuis, vermelhas, róseas — as fichas formam no oceano do pintor vulgo Rafael o encapelamento. E a seguir aos *trecs* pespontados da bola na bacia de metal, os *râteaux* raspando os montes de fichas entre os acelerados *tric-tric* dos *croupiers* juntando as fichas.

Há homens que perdem sem avaliar o que perderam, há os agoniados e os teimosos ricos. Mas as senhoras são ainda mais interessantes, Miss Wright joga roleta como o tênis. A velha Lessa põe em pleno em todos os números e, às vezes, não perde. Outra joga nos dois quadros. Mas o drama é a enorme e anafada Sra. Machado. A velha parece jogar a alma. Como tem a cara gorda, só os olhos e a palidez indicam o auge das emoções.

Não tem mais dinheiro. Creio que não poderá terminar a estação. Outro dia jogou cinquenta vezes no 27, e, quando, já sem um real, ergueu-se, cantaram: 27! Ela tornou a sentar-se, lívida – o 27!

A coisa foi tão grave que durante dois minutos o silêncio planou na sala. Pensavam que a Sra. Machado ia morrer fulminada.

A segunda classe é o Hotel da Empresa. No velho prédio, o pavilhão destinado ao jogo tem um letreiro: "Ao Recreio de Poços". É tocante e profundamente inocente, não achas? Aí o quartel-general dos comendadores, com um ar burguês e camarada. Conversa-se. Aparecem doentes, indivíduos paralíticos, e maciamente, alguns jogadores profissionais. Até as meninas jogam. Um casal de velhos, cuja vida se passa nas estações d'águas, ganha sempre. Ele grita:

— Ó menina, estás ganhando?

E ela do outro *tableaux*:

— E tu, menino, como te tratam?

No meio de tanta gente destaco um jovem de pincenê e um velho de longas barbas. O jovem deve ser estudante, mas, se curar o sangue, jamais curará a alma. Vê-se que o jogo o empolga, que o jogo o quer arregimentar. Cada sessão em que ele perde e ganha nervosamente é um passo para o abismo. Quando termina está verde, suando, com os beiços trêmulos. O velho é exatamente o contrário. Senta-se a um canto com as mãos no ventre, e olha com profunda tristeza. Chama-se Natálio e foi guarda-livros, "posto que em rapaz, em Coimbra, fizesse versos". Há vinte anos vem a Poços. Lembra a estátua do protesto.

Fiz aí conhecimento com uma curiosa figura. Chama-se Antônio Bastos. É jogador. A sua história daria para um desses contos que floresceram em Alexandria no tempo dos Selêucidas. Antônio Bastos era estudante de Engenharia, filho de um major do exército, irascível e pobre. Estava a estudar com dezoito anos quando se apaixonou por uma rapariga de quinze. Oposição das famílias de ambos. Antônio não teve dúvidas:

raptou a menina e foi dormir a uma hospedaria. No dia seguinte casou. As famílias, depois da maldição, fecharam ao par a porta. Antônio, depois de muito trabalho, conseguiu o lugar de revisor num jornal. Levou assim oito meses, revisor, com a maldição das famílias e, o que é pior, quatro mil-réis diários, a espera que o dono do jornal o fizesse repórter. A mulher ia levá-lo e buscá-lo ao jornal. Estava grávida. Era preciso ganhar mais. Ao lado do quarto em que moravam, habitava um jogador, o Tem-Tem. Antônio expôs-lhe a situação. Tem-Tem enterneceu-se.

— Eu não quero levar você ao jogo. Deus me livre! Mas há no Moscovita Club a vaga de pagador. O Cambaxirra quer um homem sério. Enquanto você não arranjar outra coisa, vai "trabalhando" nisso. Vou falar com o Cambaxirra. No dia seguinte, Antônio estava no clube como pagador, com oitocentos mil-réis por mês. Inteligente, esperto, em pouco era senhor dos truques, dos passes. Largou do Moscovita para fazer uma turnê pelas cidades de Minas, em que arranjou setenta contos em companhia do coronel Bento Arruda. Ao voltar ao Rio fez-se coproprietário do Clube dos Mirabolantes.

— O senhor há de convir que, se não se tem consideração social, tem-se pelo menos fartura.

O seu cinismo é delicioso. Conta anedotas de ladroeiras.

— Não há jogo sério, diz. Se não se ajuda a sorte, perde-se. Todo o jogo é roubado, é roubo.

— E você?

— Eu aproveito.

Soube por ele, que está aqui "estudando o campo para as manobras", coisas espantosas de um verdadeiro batalhão explorador, em que se disputa o explorado, a vítima, quase a tiro. Cada uma das roletas é uma trincheira. Cinco ou seis donos de tavolagem fazem a campanha contra o grande-chefe. São as outras classes sociais da roleta. A própria influência política toma partido. E há alguns jovens *croupiers* de fisionomia calma, ameaçados de castigos, se não desertarem. Esse aspecto de *societas sceleris*, disputando uma estação de cura como carniça em um ambiente de pureza, em que tudo é ingênuo e macio – causa à minha neurastenia uma sensação de parada.

Ainda ontem fui encontrar Antônio Bastos sentado no Éden, clube montado como os do Rio. Eu acompanhava o Coronel Titino, velho doido que já perde mais de trinta contos e ama com fúria uma pequena *chanteuse*. Mas, não resisti: sentei-me à mesa de Antônio, que conversava com um italiano de sobretudo, enquanto as mulheres: francesas, romaicas, italianas, em grande *toilette*, cantavam, dançavam e jogavam na turba variada dos clientes. Quando o sujeito de sobretudo ergueu-se, Antônio segredou-me:

— Conhece? É um judeu italiano. Vende joias. Se abrir o sobretudo, o Senhor verá uma constelação.

— Então o comércio rende?

— Mesmo porque as mulheres fazem os amantes comprar e depois vendem para jogar. Vendem ou empenham. Está a ver aquela italiana linda?

— Oh! É a Bonleli do Rio.

— Boas peles, hein? Tem um *manteau* de chinchila. Pois parte amanhã para o Rio. O baque fê-la empenhar por cinquenta contos joias no valor de mais do triplo. Nunca mais as tira. Bela depenação, hein?

Não é positivamente uma daquelas florestas da Índia, em que os animais se destroem uns aos outros com fúria voraz? Não é, ao lado das fontes de enxofre que saram dos males da Luxúria, o holocausto de todos os vícios, de todos os crimes, de todas as ganâncias, da podridão humana, ao Deus Moloch do jogo?

Talvez a imagem seja exagerada. A neurastenia deforma em aumentativo a impressão da vida. Os profetas bíblicos deviam ter sido lamentáveis neurastênicos. O fato existe, porém. Tu sorris. A minha doença pasma. É questão de ponto de vista.

Por isso, agora, ocupo o meu mal. Sou neurastênico na ativa. E tão preocupado – que só hoje tenho tempo de escrever. Até breve.

Teodomiro

VII

Da gerência da Empresa à Generala-viúva Alvear

Excelentíssima Sra. Generala Alvear
Temos a satisfação de comunicar o recebimento da sua carta do p. m. findo e de pôr à disposição de Vossa Excelência impreterivelmente dentro de oito ou quinze dias no mais tardar os aposentos que deseja. A guerra europeia, aumentando a concorrência a esta magnífica estação, impediu-nos de servi-la com a possível brevidade, tal o número de clientes. De Vossa Excelência obediente servo

Karl Glotonosk, diretor

VIII

De Antero Pedreira à Sra. Dona Lúcia Goldschmidt de Resende – Petrópolis

Dona Lúcia, minha tão ilustre amiga

Enfim! Começou a "grande semana", como eles dizem estrangeiradamente, dando a Poços um ar de Deauville da montanha. A "grande semana" é elástica. Este ano começou bem uma semana antes. Por quê? Não sei bem. Mas tudo assim o indica: as pérolas de Dona Maria de Albuquerque, o escandaloso decote de Miss Wright, a arrogância de Dona Eufrosina Machado, o crescente assanhamento da numerosa família Araújo Silva. Nestas "paradas" cada um retoma o seu lugar. É uma questão de disciplina. Desde que se trata de parada, instintivamente forma-se a fileira.

Mas não é só isso. Há provas mais patentes. Os magros cavalos de aluguer aumentaram de preço, as charretes e as "cestas" dão uma hora quase pelo seu próprio custo, os mendigos surgem de todos os cantos e os hotéis regurgitam, desde o civilista Globo (os hotéis aqui são políticos e no Globo escapou de morrer o imortal Rui) até o venerável "da Empresa".

No nosso *caravansérail* a agitação é enorme. Numa carta passada falei-lhe de teatro. Exatamente agora parece que vai levantar o pano. O contrarregra é o jovem gerente. Falta-lhe por completo a prática. Tem, porém, vinte e dois anos, é bonito como um pajem que Murilo pintasse, esteve num ginásio de padres, onde estudou grego e hebraico, e, como diz Dona Maria de Albuquerque (em êxtase), "não há ninguém mais gentil". A gentileza de Pedrinho está em nunca dizer não, fazendo com que os hóspedes se resignem, como os figurantes de uma *féerie*, às atitudes mais incongruentes. Desde janeiro, Pedrinho, por carta, comprometera vários quartos e mesmo vários departamentos – porque este hotel é dividido em departamentos como a França, depois da revolução. Chegaram inesperadamente hóspedes, que ficaram. De modo que Pedrinho esfrega as mãos:

— Vamos arranjar! Pois não! Vossa Excelência vai ficar satisfeito.

E temos uma curiosa marca: a viagem dos hóspedes por diversos quartos. Um coronel, o tremendo Coronel Titino, foi mudado enquanto estava na roleta e quando voltou ao seu quarto encontrou no quarto uma alemã viúva, Frau Weber, em menores. A pequena Serpa Lima (Íris, Irisete para os íntimos) teve que dormir dois dias no quarto dos pais. A complicação é tal que, à hora da chegada do trem, Pedrinho, que despacha homens a Cascavel para desculpar-se por não poder aumentar o hotel, desaparece, eclipsa-se, com grande desgosto, parece-me, de Miss Wright e mágoa de Dona Maria...

O incidente do coronel assustou-o. O coronel é um sujeito riquíssimo, que veio de Ribeirão Preto acompanhando uma *chanteuse* do Politeama. Grita muito, perde muito à roleta e não dorme no hotel. Mas achou uma desconsideração não o terem prevenido da mudança.

— Eu não sou caçamba! urrava ele.

Depois houve ainda um caso pior com o Severo da Gama, aquele jornalista milionário que é mundano. Esse encomendara o *appartement le premier janvier*. Saltou de luvas, pincenê esfumado, uma coleção de valises, e soube que não tinha onde se alojar. A cólera eriçou-lhe os bigodes. Pedrinho ignorava a sua importância, a sua justa e enorme importância! E Pedrinho teve de pedir àquele bondoso casal lusitano que cedesse o quarto do filho de dezesseis anos e o rapaz foi dormir com os pais para salvar Pedrinho da cólera justa de Severo – já com outro pincenê, desta vez branco – o que aumentava o terror do gerente adolescente.

Não só, minha querida amiga! Chegou também o D. Pablo Urtigas, Ministro das Filipinas. No mesmo comboio veio Aretusa Saraiva, a violenta Aretusa, que se instalou num quarto pegado ao de D. Pablo Urtigas e que, por coincidência, comem à mesma pequena mesa. Naturalmente partirão no mesmo dia com a admiração de todos nós pela grande e larga vida de gastos de D. Pablo...

Essas provas de que começou adiantada a "grande semana" foram crescendo de número. Por exemplo: ao jantar, os *smokings* resolveram aparecer. Em seguida ao almoço, as senhoras arvoram grandes *toilettes* de passeio e joias. Depois – coisa que me causou admiração! – afluem os "encantadores" do Rio e de São Paulo, esses meninos dos dezessete aos quarenta anos, que vestem com elegância exagerada, são dados a esportes, montam, jogam o pingue-pongue e o *bridge*, andam com os desenhos do Sem, falam francês e têm sempre um ar muito superior. Está o Olivério, está o Guimarães, está o Flávio – rapazes que eu contava em Petrópolis. Numa das últimas levas, em que apareceram quatro paulistas, educados em Londres (segundo eles dizem), apareceu mesmo um jovem de fisionomia estrangeira, servido ao jantar com especial deferência pelos criados. Mas misantropo – porque não se dá com pessoa alguma. Indaguei de Dona Maria, excelente almanaque. Não o conhecia. Tive vergonha de perguntar aos outros. Hoje, porém, rebentou a notícia que abre a grande semana: em comboio especial chega amanhã a família da Marquesa-viúva da Luz. Os criados não se contêm:

— Vossa Excelência já sabe? Chega amanhã a Marquesa da Luz!

— A Marquesa da Luz tomou três departamentos!

— Chegaram os cavalos de sela e os *chars-à-bancs* da marquesa!

— A marquesa traz oito criados!
Os negociantes e as suas esposas, sem a posição mundana da marquesa, estão num estado de inquietação curiosa. Uma senhora indagou-me a sorrir:
— A família da Marquesa da Luz andará nos dois pés, como todos nós?
Como a senhora não ignora, o nome de Luz diz muito. O marquês da Luz, morto de apoplexia há dez anos, era o Macário Luz, que fez uma fortuna colossal com alguns monopólios industriais e comprou por duzentos contos ao papa o título de marquês. Deixou três meninas. Duas meninas já casaram. De modo que a família Luz consta da marquesa viúva e da sua filha Olga – seis mil contos com a certeza de mais vários mil.
Dona Maria de Albuquerque, após o jantar, conversou comigo.
— A marquesa Justina (disse-me Dona Maria com aquele ar de não sei quantos séculos de sangue fidalgo, e já feroz no tempo de Albuquerque o Terrível), é uma boa senhora. Muito simples, muito dada. O seu trem de vida não lhe tirou as excelentes qualidades. Olga é uma criança muito inteligente, muito fina e naturalmente assaz infeliz.
— Infeliz, Dona Maria?
— Para ela, para mim, para você. Imagine Olga querendo casar por amor, querendo a sinceridade, e perseguida por um batalhão de caçadores e dotes... É um velho drama, ou, se você quiser, uma antiquíssima opereta. Mas sempre dolorosa para quem a representa quando tem o espírito da Olga.
— De modo que em Caldas a senhorinha Olga vem descansar?
— Se fosse possível! Não tem você reparado na imprevista chegada de vários rapazes?
— O Olivério, o Guimarães, o Flávio...
— O Gomide, o Fontoura. Pois é um enigma fácil de decifrar. Estão todos cá a aproveitar a familiaridade do hotel de banhos a ver quem leva o prêmio da loteria, *le gros lot, mon cher*.

Nesse momento acercou-se o gentil Pedrinho, que se dá melhor com os ares maternos de Dona Maria, que com os assaltos de *agavé* de Miss Wright.

— Então, que conta o nosso Pedrinho?

— Não imagina, Senhora Dona Maria, o trabalho para preparar os departamentos da marquesa.

— É o número de pessoas que fazem o séquito amoroso!

— Psiu! fale baixo — fez Pedrinho apontando o jovem e misterioso inglês, que aparecia fumando um enorme charuto — o tal, o misantropo, o que não entrava nos grupos.

— É verdade, quem é aquele sujeito que ninguém conhece? Pedrinho tomou uma voz grave.

— É o tratador dos cavalos da senhora marquesa.

— Minha cara Dona Lúcia — a democracia americana! O palafreneiro, ou, se Vossa Excelência quiser, o *lad* das cocheiras de Justina Luz, marquesa do papa — era o *gentleman* mais sensacional do hotel!

— É possível pôr em dúvida que a "grande semana" tenha começado?

São horas de jantar. Vou vestir o *smoking*, e livrá-la de uma carta cuja tagarelice ameaça não acabar. Creia-me o seu admirador e amigo.

Antero

P.S. Na sua última carta mostra curiosidade por Teodomiro. Que lhe posso dizer? Teodomiro está um selvagem. Disse-me que, para curar a neurastenia, estuda a cidade, o fenômeno da civilização na montanha. Não procura os nossos grupos, que ele considera nevrálgicos. Só ontem fixou-se no hotel com o médico a examinar o homem que não come — acontecimento engraçado de que lhe contarei o fim na próxima carta.

IX

De Pedro Glotonosk à Generala Alvear

Excelentíssima Senhora Generala

Tenho o desprazer de lamentar profundamente não poder obedecer ao seu aviso nestes próximos trinta dias. A guerra europeia, aumentando a concurrência a esta magnífica estação, força-nos a recusar hóspedes — a menos que não se multiplicasse o hotel três vezes. Se Vossa Excelência quisesse ir para outro hotel, ainda assim era impossível, porque estão todos cheios atualmente. Pedimos a Vossa Excelência, com as nossas desculpas, que, caso queira dois aposentos (a vagar talvez) nos fundos do Hotel da Empresa, avise telegraficamente. De Vossa Excelência, com o maior respeito.

Pela Empresa de Melhoramentos,

Pedro Glotonosk, gerente do hotel

X

De Íris Lessa a Baby Torresão –
Estrada Nova da Tijuca, Rio

Baby

Recebi a tua carta. Que me importa que ele fale mal de mim? Não lhe ligo a mínima importância. Nunca pensei mesmo em casar. Divirto-me. Tenho dezessete anos e muito tempo para ser mãe de família. O meu desgosto foi um simples plano para virmos à "grande semana" de Poços de que me falava tanto o Flávio Mendonça. Não imaginas que vida! Sou muito amiga de Miss Wright, acompanhada sempre daquela criada que não fala. O nosso bando é de primeiríssima. *Flirts*, minha filha, nem se conta! Uma perpétua festa. Danças. Passeios. Gladys obriga-me a dois banhos por dia.

Tem uma enorme simpatia por mim. O Flávio está me ensinando a dança das trincheiras, uma dança especialmente para *garden parties* ou *cotillons*. Vamos indo. Pelo próximo correio mando-te um dos nossos grupos, tirado pelo Senhor Nogueira, homem muito amável. Devias vir.

Chegou a marquesa da Luz. Gente muito chique. Agora é moda almoçar no Éden, onde pela madrugada não entram as famílias. Come-se excelentemente. Muito melhor que no hotel. E tem um ar de proibido, tem "pimenta"!

Saudades a todos os que perguntarem por mim. E diz àquele gabola que não seja parvo. Beijos de

Irisete

XI

De Dona Maria de Albuquerque à
Condessa Hortênsia de Gomensoro – São Clemente, Rio

Minha querida amiga
Sinto profundamente que não possa vir aproveitar esta temporada de Caldas. Os motivos são justos. Mas Caldas, com a guerra, tornou-se talvez, pela primeira vez e pela última também, um ponto único de reunião, em que se encontram todos os brasileiros provavelmente nos quatro cantos da Europa, se não fosse a conflagração. Não há conforto, há a nossa sociedade. A segunda compensa a falta do primeiro. E eu conseguira do gerente uma coisa impossível quase: guardarem-se dois aposentos.

Com a idade, vou ficando cada vez mais brasileira e mais firme em alguns conceitos fora da moda. Assim, aquele meu princípio de que a sociedade é tudo para um país, impõe-se. Eu, que recordo o tempo áureo do Segundo Império, faço o possível para que a Primeira República com ele se pareça. E, reunindo um grupo muito distinto no hotel, sinto verdadeiramente a falta que a todos nos faz a sua graça, tão refinada e empolgante.

O nosso grupo consta do jornalista Severo da Gama, um *causeur* excepcional, cada vez mais monarquista; de Justina da Luz, tão ilustre e cada vez mais moça; de Olga, sua filha; de

Aura Sanches, com o marido, sempre elegantíssimo; de Olivério Gomes, Fábio Guimarães, Flávio. Vejo-a sorrir ao ler os nomes destes três rapazes. Realmente eles não vieram para a estação, e sim na possibilidade de um casamento excepcional pelo dote, quando o casamento seria admirável não pelo dinheiro, mas pelas qualidades de espírito e de coração da dona dos milhões. É pena que os rapazes de agora, mesmo os que têm o supremo bom gosto de não trabalhar, sejam tão secamente práticos, a ponto de não perceber a sensibilidade daquela a quem cortejam. Olga tem conversado comigo conversas quase confidenciais. O aspecto ávido da realidade deu-lhe a reflexão amarga. Pensa como gente grande e é *tout bonnement* uma ingênua, como todas nós infelizes mulheres. Da lista de pretendentes o Flávio deserta, dominado pelo diabolismo de Íris Lessa. Há o jovem cônsul romaico Gotosk, há o Deputado Cerqueira ao longe. O Fábio, o Gomide, o Olivério, digladiam-se. Creio que só o último poderá ter esperanças, e se andar com juízo... É possível, porém, Olivério com juízo? Cheio de inteligência e de planos fenomenais, com um *aplomb* vertiginoso, seria um estratega (desculpe o termo em tempos bélicos) de primeira ordem. Na execução o seu temperamento não se contém e ele estraga com extravagâncias o que fez com habilidade. Conheço-o desde criança e sei o trabalho que o Senador Gomes tem tido com ele, principalmente depois de o fazer 2º secretário de legação.

 O secretariado dá neste momento a Olivério não só meio de pregar mentiras com aparência de verdades, como enorme superioridade sobre os outros. Ouvi-lo falar é um regalo. Esteve em Londres. Todo o *Green book* é seu íntimo. Esteve na Rússia. Palestra de embaixatrizes e de embaixadores. Esteve em Paris e foi fatalmente visitar Rostand, em Cambo, como todos os jovens esnobes dos dois hemisférios. Outro dia fez quase um folhetim acerca de Rostand, de Madame Rostand, do pequeno Maurício, que lhe dedicou um livro. Para Olga, que recita Rostand e sonha com a vida das cortes, é definitivo...

Olivério, porém, não se contenta com a influência externa. Admiro muito o modo por que Olivério se insinuou na amizade de *Mademoiselle* Hobereau, a velha dona de companhia. É patente que, se Olga fizer alguma referência a Olivério, na intimidade, Mademoiselle Hobereau é um aliado de indiscutível valor.
Dizem, porém, que Olivério deixou em São Paulo uma pequena andaluza e que a andaluza pode de repente surgir. Será ela bastante sagaz para não perturbar o futuro de Olivério? Descreio muito das espanholas e principalmente das andaluzas. Mais ainda da força de vontade de Olivério. Ele está, assim, inteligente, comportado – porque não tem um real. Segundo um vezo antigo, usa de tudo fiado para depois o pai pagar. Já nos ofereceu vários almoços e passeios, e não paga um ao barbeiro. Outro dia dei-lhe alguns conselhos. Sabe que me respondeu?
— Dona Maria, quem pensa em dinheiro, quando gasta, nunca terá dinheiro. Veja. D. Pablo, ministro das Filipinas. Tem menos do que eu, que ainda tenho esperanças e um pai exemplar. E gasta muito mais. Quanto à minha *liaison* (ele diz em francês, porque ficou assentado no Brasil que os maiores horrores ditos em francês são elegantes), eu sou único? Todos quantos chegaram a Caldas, casados ou solteiros, ou fizeram por aí *adenda* ou mandaram buscar por telegramas *ses bennes amies*.
Diante disso, retraí-me e espero o desenlace.
Caldas está um encanto. Céu de turquesa, noites frias. A vida não me dá tempo de escrever. E é quase de madrugada, ao voltar de um passeio ao luar, que lhe escrevo estas inconveniências. Mande-me notícias. Saudades de

Maria

XII

De Olga da Luz a Guiomar Pereira –
Avenida Paulista, São Paulo

Gui
Não te poderás queixar. Quatro dias depois de chegar já começo a escrever. É uma doença essa de escrever, como bem nos dizia, de volta do Oriente, em Paris, Madame Lucie Delarue Mardrus. Pelo menos, quando se escreve a uma pessoa amiga, é como se o mundo, com todas as suas misérias e todos os seus egoísmos, ficasse muito longe, muito abaixo... Pedes-me *potins*, confidências. Sou naturalmente menos dada ao turbilhão. E raramente vejo onde estão os casos possíveis de *débinage*. Em compensação, há aqui, no nosso grupo – um grupo preparado e escolhido por Dona Maria de Albuquerque – o Olivério Gomes, um diplomata filho do Senador Gomes. E Olivério, Gui, é um permanente folhetim. Folhetim? Mais. É uma espécie de *Mil e uma noites* contemporâneas! Tem graça, tem espírito e, graças a Deus! não é pretendente, não se propõe a casar com os meus milhões. Assim, é Olivério que nos conta os *potins* da sociedade da grande semana de Caldas e nos faz a caricatura do Ministro das Filipinas, que não paga a ninguém (homem feliz!), de Aretusa Saraiva, que parece a Rainha das Filipinas; do Velasco Altamira, que em Caldas pretende ser o pivô da política.

Os passeios são sempre os mesmos. Faço a minha equitação duas horas por dia e o nosso bando é o grande bando – o que dá cor e linha à paisagem, como diz o Severo da Gama, irritadíssimo porque ainda não lhe deram um aposento razoável, mas sempre excelente *causeur*. Olivério considera-o o *vade mecum* da conversação. Guardei a frase, porque, mesmo Mademoiselle Hobereau, de costume tão reservada, a achou engraçadíssima.

Manda dizer quando vens. Saudades.

Olga

P.S. Mamãe muito se recomenda, mamãe que está tão moça e tão bonita, que vai caminhando, não para parecer minha irmã, mas minha filha.

XIII

De Teodomiro Pacheco a Godofredo de Alencar – Jockey Club, Rio

A minha neurastenia achou de repente aqui na montanha motivo para a perplexidade filoso-fisiológica. Essa perplexidade é tão grande que não posso deixar de te expor os motivos de tão angustioso estado d'alma. Outro dia, atravessando um corredor escuro, encontro três homens de nacionalidades diversas e vaga profissão, em torno de um caboclo magro, de cabeleira, olho branco e voz melosa. O caboclo debatia-se.

— Eu só vou com o coronel! Eu sou do coronel!

Vendo-me, os homens explicaram o que estavam a fazer: queriam ser empresários do caboclo para uma turnê pelo Brasil inteiro. O caboclo, vagamente bilheteiro do Politeama e trazido de uma fazenda das redondezas pelo Coronel Arnaldo, é um homem que não come. A princípio, diz ele, comia pouco e fazia-lhe mal. Deixou de comer, apenas bebendo cerveja e café. Por último, só toma café. A questão é o café à hora certa.

— Há mais de dois anos só tomo café!

Arrastei o caboclo para a luz. Corado, o seu prazer era enorme pela atenção que lhe dávamos.

— Sim, senhor! Não como! Pergunte ao coronel!

Saí pelo hotel a dar a nova sensacional do homem que não come. Mas de fato ninguém deu a esse homem imprevisto a menor atenção. Todos cuidam da própria vida e não há o menor interesse em ver o fenômeno.

— Realmente? Disse-me Antero Pedreira.
— Pobre homem! fez o Severo da Gama.

As senhoras, então essas, foi como se não ouvissem. A abstinência não está em moda. Um caboclo querendo se fazer notável por não comer, deixava-as indiferentes. Fui ao Coronel Arnaldo, o *sacerdos* da roleta, que tomou um ar profundo e disse:

— Esse rapaz não come porque lhe faz mal. É a minha mascote.

Diante dessa afirmativa corri ao médico da empresa, um jovem rico, o Dr. Cláudio, que vejo sempre a fazer a barba. O jovem facultativo estava com outro médico, o Dr. Polidoro, habitante do sanatório, que passeia sempre de chapéu-chile e guarda-chuva.

— De fato, sorriu o primeiro, ele diz que não come...
— Não é possível! — exclamou o Dr. Polidoro, como se o ofendessem.
— Parece-lhe?
— Tenho a certeza. Admira-me o senhor, um homem de cultura...
— Mas os santos nas Tebaidas...
— Comiam ervas...
— Mas Succi...
— Comia carne comprimida. O senhor não vê logo que um homem não pode viver toda a vida sem comer? Que disparate!
— Perdão! O disparate não é meu. Estou com o doutor, em tese. Mas o homem teima em dizer que não come, a tremenda influência do Coronel Arnaldo dá-lhe mão firme e a própria empresa, mantendo um embusteiro ou um maluco...

À voz de empresa, o Dr. Cláudio interrompeu:

— Só o tenho visto tomar café!

— Hein?

— Isto é, nunca o examinei...

— Pois examino eu! — bradou o Dr. Polidoro. — Vim para Caldas descansar. A ciência, porém, antes de tudo!

Após a luminosa discussão partimos os três a apanhar o caboclo Joaquim. Polidoro parecia um dos nossos íntegros juízes, daqueles que colocam a justiça acima do interesse dos amigos. Cláudio estava aborrecido. Eu esperava desmascarar o pobre caboclo, que horas antes não conhecia.

— Então, você não come?

— Não, senhor.

— Por que está mentindo?

— Mentir para quê, homem? — fez Joaquim, revirando o olho branco.

O Dr. Cláudio (que não deseja magoar o importante Coronel Arnaldo, protetor de Joaquim), interveio, apaziguador.

— Joaquim, estamos todos desejosos da prova. Aqui o Dr. Polidoro vai examiná-lo.

— Não deixo.

— Então é falso!

— Eu já disse que não como!

— Mas se você não consente que os médicos provem o prodígio, que você é...

Para convencer a humanidade de ser prodígio, o caboclo Joaquim cedeu. Levamo-lo para o quarto de Pedrinho, o gerente.

Polidoro pô-lo nu. Polidoro deitou-o. Polidoro auscultou-o, cheirou-o, esmurrou-o quinze minutos. Depois, suspirou:

— Órgãos excelentes! Não tem nada no estômago! Você não comeu hoje?

— Há dois anos que não como. Só tomo café.

— Admirável propaganda desse excitante, mas mentira. Você deve comer escondido. Come pouco, talvez, mas come!

— Que necessidade tenho eu de comer escondido? Não tenho lucro em não comer...

— Impossível! Impossível!

Polidoro estava roxo de cólera. Aquele estômago vazio era uma ofensa à sua ciência. Pediu as micções para análise, falou nos raios X para o exame radioscópico à procura do esquisito estômago tão diverso daquele de Esopo, e acabou, no auge do delírio científico, por exigir que Joaquim ficasse preso dez dias num quarto para que ele, Polidoro, tivesse a certeza.

— Dou-lhe duzentos mil réis.

— Eu não preciso de dinheiro. Para que dinheiro?

A esta extraordinária frase não se curvou Polidoro.

— Pois fique gratuitamente.

— Quantos dias o senhor quiser, contanto que eu tome café às horas certas! Fico já até, se o coronel consentir.

O Dr. Polidoro deixou-nos como vigias e partiu para obter o consentimento do coronel proprietário. A entrevista devia ter sido rápida, porque meia hora depois o nobre defensor da ciência voltava radiante. Então os três examinamos o quarto. Não havia meio de chegar comida a Joaquim senão pela porta.

— Aceita?

— Aceito.

— Então até logo.

Saímos os três. Polidoro fechou a porta, guardou a chave.

— Os senhores verão...

Infelizmente não vimos o que ele desejava. Nos primeiros dias Joaquim recebia-nos com uma alegria diabólica. Estava muito bem disposto. Polidoro (examinando as eliminações) não verificou vestígios de alimento a não ser sacarina. Daí a sua fúria. Deixou de levar o café a horas certas, de modo que, em chegando seis da manhã e meio-dia, o caboclo Joaquim punha-se aos pontapés contra a porta, urrando que o matavam. O hotel inteiro, indiferente a Joaquim – foi totalmente impossível interessar essa sociedade epicurista pelo fenômeno! – julgava-nos a nós, mais ou menos malucos. Tenho a certeza de que o jovem Dr. Claúdio riu de nós com as meninas. E estávamos no sétimo dia da experiência, quando rebentou a notícia de outro homem, um italiano de nome Giuseppe, que, esse, comia o quanto lhe pagassem. Polidoro não deu importância. Mas o hotel inteiro, rindo gostosamente, foi ver Giuseppe, êmulo de Gargântua.

— É espantoso! Come bacia e meia de macarrão!
— E um cabrito inteiro!
— Quem paga o jantar do Giuseppe?
— Cotizemo-nos! Que homem invejável!

Giuseppe instalara-se nas proximidades do hotel, numa tasca de que evidentemente se tornou sócio de indústria, após a sua celebridade mundana. Bandos de curiosos iam assistir a deglutinação gigantesca do homem comedor. Ele dava grandes gargalhadas, cheio de saúde, magnificamente enorme e sujo. Na última noite da dezena de Joaquim, acompanhei um grupo a ver Giuseppe devorar quatro galinhas em canja, um pequeno carneiro e uma bacia de macarrão, regado tudo isso de vinho em proporção. Na tasca havia uma alegria de quermesse. Os rapazes, excitados por aquele estômago, que se tornava a inveja dos seus avariados estômagos, davam-lhe pancadinhas no ombro, festejavam-no.

— Este Giuseppe!
— É o primeiro homem do Brasil.
— É um símbolo!

E Giuseppe gargalhava, homérico.

Fiquei tão vexado que pedi a chave ao Dr. Polidoro e fui ver o caboclo Joaquim no seu quarto. O caboclo, sentado na cama, olhava tristemente a lâmpada elétrica.

— O senhor dá-me café?
— Uma cafeteria?
— Basta um golo.
— Você é um idiota, Joaquim.
— Por que não como e ninguém acredita? Que se há de fazer? Mas o Dr. Polidoro é um assassino, que não sabe nada!

Esta desolada entrevista deixou-me angustiado. No dia seguinte, Joaquim largou o quarto pela manhã, descompondo Polidoro, que até do café o privara. Ninguém se apercebeu da sua reaparição. O caboclo também saíra tal qual. E no bar, onde se sentou, não houve cliente que visse aquele homem inútil. Estavam todos a comentar o outro, o grande, o que comia... Em compensação, o Dr. Polidoro concluiu as suas observações, um pouco como Galileu:

— Meu caro, apesar de tudo, estou convencido de que o caboclo come!

Profundo ensinamento! Perplexidade da minha alma! Não está nesse díptico toda a vida de sempre? Joaquim, caboclo histérico, saiu da mata e acreditou o êxito na renúncia. Giuseppe, veio de Nápoles e devora. A multidão despreza Joaquim e paga para Giuseppe. Um homem que não come e não quer dinheiro de nada serve. É um bobo desprezível. Aquele que engole mais tem a apoteose. Nada mais lógico. Quanto diria Shakespeare na pele de Hamlet diante desses esqueletos com carne! E o curioso é que eu, insensivelmente, falo de Giuseppe com os elegantes do hotel e sentindo a inutilidade de Joaquim tenho vergonha de lembrá-lo, de falar do homem que não come – e que decerto come!

Godofredo come. Eu vou comer. Vou comer violentamente. Comer, ainda é o único verbo imperial do mundo.

Teodomiro

XIV

De Neném Araújo Silva ao Sr. José Joaquim Teixeira, digno sócio da firma Araújo Silva & Cia. – Rio

Zeca

Estou muito zangada. Papai recebeu duas cartas de você e eu só anteontem tive a honra de ser distinguida com algumas linhas. Parece incrível, mas isso deu prazer tanto ao pai, como a mamã. Ambos são da opinião de que carta de namorado é perder tempo e que se você não escreve é devido ao balanço e aos negócios para a forração pela segunda vez este ano de todas as repartições do Ministério da Agricultura. Como essa gente suja as repartições! Enfim eu consolo-me desde que leio nos jornais a ausência da companhia da Palmira Bastos e acredito você preso à loja. Que bom se fosse assim até maio!

E, entretanto, o pai pensou em adiar para junho, para o dia de Santo Antônio, o nosso casamento. Que tal? Opus-me. Em junho faz muito frio. Não pensa você do mesmo modo?

Aqui estamos no hotel mais chique. É uma despesa enorme que só mesmo papai poderia fazer. Só de banho, o tal banho da Fonte Pedro Botelho que está encanada para o hotel, pagamos quarenta mil réis diários. Também o Tito, o Loló, Juquinha, ficam horas dentro da água azul só para compensar.

Poços é uma cidade bonitinha. A principal rua, onde está o nosso hotel, é como em Petrópolis e no Mangue, dividida por um canal. Quase todas as outras ruas são em subida. Quase ao lado do hotel fica o mercado, muito enjoado – onde papai tem a mania de levar a gente para comer mamões. As diversões são muitas. De manhã os passeios de charrete. Somos nós mesmos que guiamos. Os cavalos vão direitinho para onde querem. Conhecem a cidade. Judite outro dia virou da charrete e caiu num capinzal. Logo um moço que é secretário de um governador disse que era um "tombo bucólico". Papai pagou pelo tombo, isto é, pela mola da charrete quebrada, trinta e dois mil e duzentos, e suprimiu charretes com o pretexto de que se o boleeiro pedisse dois contos ele tinha de pagar. Agora andamos de carro e a cavalo.

Depois do almoço há as danças, ora no Hotel da Empresa, ora no nosso. Entre as danças vêm cantoras e atores cantar árias e dizer monólogos. Nunca pensei que as cantoras fossem senhoras tão sérias.

Há por aqui meninas menos comportadas do que elas. O interessante é que algumas atrizes conhecidas aí no Rio chegam aqui e mudam de nome. Por quê? Assim aquela contralto que mamãe aprecia: a Stella Dovani, em Poços chama-se Conchita Lola, estrela mundial.

De conhecidos há o Visconde de Aveiro com a viscondessa, aquela velha surda que anda de chinelas. O visconde fala sempre nos tempos de rapaz e discute a idade de todo mundo. Está também o Gomide, da firma Serpa & Simões, o Antenor Sousa, e Mariquinhas Soares escreveu-me de São Paulo, dizendo haver uma porção de gente à espera de quartos.

Também estamos assim de elegantes! Uma porção de mocinhas com ares importantes e uns sujeitinhos de casaco cintado, que mudam de fato três vezes ao dia e que você com um cascudo amarrotaria. Das nossas amigas a melhor é a Dendém, moça mesmo aqui de Poços, e dos cavalheiros o Sr. Nogueira, que tira fotografias e oferece balas de ovo. Papai engordou. Mamãe emagreceu. E só. Lembranças de todos. Muitas saudades de sua muito do coração

Neném

P.S. Ao seu futuro genro Sr. José Joaquim muito se recomenda Maria Araújo Silva.

XV

De Antero Pedreira a Lúcia Goldschmidt
de Resende – Petrópolis

Minha querida Dona Lúcia

Aqui, muito em segredo: *ça y est!* Na minha última carta dizia-lhe o conjunto harmonioso de filhos de família da nossa melhor sociedade à espera de Olga Luz e da marquesa sua mãe. Elas chegaram de fato pela manhã, com malas demais e criados demais. Também é o único sintoma de menor compreensão da verdadeira distinção esse excesso de malas e de criados. Quanto ao resto – para todo o hotel, impressão agradabilíssima. Num destes *caravansérails*, quem tem muito dinheiro é obrigado em primeiro lugar a aturar e a desculpar as impertinências dos que deitam a importância de parecer amigos íntimos. Depois, é necessário andar como a pedir perdão da grande fortuna a quantos não na têm. Uma pessoa rica move-se sob os olhares curiosos, como a dizer:

— Desculpem. A culpa não é minha.

Nesse gênero, a Marquesa Justina, radiante de beleza, e Olga Luz são admiráveis. Nada daquela pose meio infantil dos ricaços da Argentina e de que todos os grandes meninos filhos dos seus papás abusam em São Paulo. Os veranistas ficaram na casa de jantar à espera da entrada sensacional. A entrada deu-se tarde, sem nada de teatral. A marquesa apareceu por uma porta do fundo com a Margarida Peres. Vestido simplíssimo. Cumprimentos aos hóspedes. Olga vinha à frente de Maria de Albuquerque, como esses cromos feitos na Escócia e que alegoricamente representam *The Summer*. Toda de branco, largo chapéu, um ramo de flores silvestres na mão. Bem, pois não?

O ato teria sido perfeito, se Pedrinho, o gerente, e os criados, não exagerassem os cuidados com a mesa a que se sentara tão interessante companhia. Os veranistas, que esperam de quatro criados serviço para não sei quantas mesas, ficaram menos alegres vendo os ditos quatro criados e mais o Pedrinho à espera de que Dona Justina Luz se resolvesse definitivamente pelo "viradinho com lombo de porco". Uma das opiniões mais feitas e mais erradas na humanidade é o respeito, a humilhação voluntária diante do possuidor de Dinheiro. O mundo seria outro se nos convencêssemos da inutilidade do gesto. Não seriam, porém, os *larbins* de Poços a reformar o conceito universal. Mesmo porque das outras mesas vários rapazes de primeira ordem, olhando Olga, estariam dispostos a esperar mais tempo, na mesma posição dos *larbins*.

À saída do comedouro, os apertos de mão e o desenho do grupo a formar-se. Vi logo a obra de Dona Maria. À tarde, pudemos definir os grupos da "grande semana". O nosso é o único com interesse real – porque as senhoras vestem nos mesmos costureiros da Rua da Paz e os homens fazem o possível para fingir a peça francesa do *boulevard*. Assim, depois do teatro, enquanto se valsava no salão, houve a verdadeira organização do programa de diversões. Os jovens elegantes tiveram ideias e assim a ocupação das manhãs foi logo feita. A primeira manhã – deliciosa de azul e prata! – foi a cavalgata às cascatas. No frenesi de passeios matinais que dá à porta do hotel um ar de bazar do Levante, eu desejaria que Dona Lúcia visse o nosso grupo, os rapazes admiravelmente bem montados. Olga ultracromo escocês num ardente cavalo inglês, a Marquesa Justina de amazona negra, a Margarida Peres de verde e Dona Maria de cinza com um maravilhoso costume. Que arte a de Dona Maria para valorizar os seus cabelos de prata! E junte a essa luzida companhia as casacas vermelhas dos tratadores dos cavalos da marquesa, que aparecem com as librés como na estação hípica de São Paulo... Estou a ver Dona Lúcia sorrir:

— Grande esnobe!

Seja. Tenho discernimento para considerar tudo isso frioleiras. Mas também não me posso furtar ao prazer de me sentir de outra espécie, em frente do Visconde de Aveiro, da consorte e de outras respeitáveis criaturas que assistem à nossa partida, sentados em cadeiras de vime, à porta do hotel.

Para ver as cascatas tivemos de desmontar e descer um verdadeiro despenhadeiro, ao cabo do qual há um bar ao ar livre onde a nossa sociedade encontrou um bando de damas, artistas, cujos nomes vêm nas gazetas e que todos os homens conheciam. Essas damas operaram uma retirada com muita arte, de modo que as amazonas puderam ir até a primeira cascata e daí até à grande sem encontrar outros entraves a não ser, no fim, D. Pablo, Ministro das Filipinas, com Aretusa Saraiva.

As cascatas de Poços não são o Niágara. Mas dão uma linda impressão de força e de violência com os borbotões de espuma a rumorejar, rasgando-se nas rochas, caindo em grandes trombas. Uma névoa álgida envolve-nos. Olga queria ir até uma pedra bem no meio do espadanar colérico das águas. Os jovens pretendentes precipitaram-se a dar-lhe a mão, a ajudá-la. Olga recusou. Só o Olivério Gomes não se aproximou – porque, de repente, se lembrara de recitar versos ingleses, versos dos poetas lakistas.

Neste momento tive uma ideia. Olhei Dona Maria. Ela sorria, encantada. Olhei a Marquesa Justina. Também sorria. Olhei Olga. Estava séria. E concluí, minha cara Dona Lúcia, que na corte de amor fatal onde se encontre Olga com os seus milhões, o Olivério encontrara um grande aliado: Dona Maria de Albuquerque, a estrategista. Não me enganei. Olivério é muito inteligente, mas estouvado. Poderia brilhar, mas cometeria a gafe fatal. Assim, só obedecendo a um hábil general, poderia manter aquele papel, que até agora conserva.

Mantê-lo-á até ao fim? *Chi lo sá?* O fato é que até agora as probabilidades são suas. Insensivelmente, Olga da Luz prefere esse camarada cheio de espírito, contador de coisas imprevistas, aos outros muito bem-vestidos, mas com a preocupação visível de se mostrarem candidatos. Outro dia, no salão, esses rapazes quase se atracam para dançar com Olga. Olivério mostra-se cansado da vida e, como a conversa trazida por Dona Maria fosse de comentário em torno do divórcio de Aretusa Saraiva, ele teve opiniões graves.

— Casamento é uma coisa séria. O melhor é não casar.

— Por quê?

— Para não ter dúvidas quanto aos sentimentos da mulher.

— Ora esta!

— É o que eu lhes digo. As mulheres deviam pedir os homens em casamento. Só assim os homens não temeriam.

— Espera ser pedido?

— Espero não casar. Eu seria insuportável.

Considerado assim o exemplar, ainda esta manhã deu-se um fato que deixou de cara à banda a série de candidatos ao dote. A Marquesa Justina não quis sair. Dona Maria também não quis. Mademoiselle Hobereau estava com enxaqueca, e a mocidade desejava acompanhar a cavalo Olga da Luz — até a Caixa d'Água. Foram pedir o consentimento à marquesa, que tranquilamente disse:

— Consinto, se o Dr. Olivério Gomes for, ou se o Dr. Severo da Gama acompanhar...

Severo da Gama dormia. Olivério não foi encontrado. A mocidade ficou furiosa e partiu sem Olga. Olga ficou lendo um livro de versos, a meu lado, no saguão. E, de repente, aparece Olivério em trajes de montaria, sabe do caso, dando gargalhadas.

— Estou desmoralizado! Um homem que não é perigoso. Decididamente envelheço!
— Olivério, por que há de ser impertinente!
— Com quem?
— Com o Antero, que é mais velho!
— *Merci*... — fiz eu, sem que me ouvissem.
— Mas, se quer, ainda podemos apanhá-los num bom galope.
— Sério?
— Sério.

Vinte minutos depois Olga e Olivério, como se diz nos romances, desapareciam ao longe numa nuvem de poeira. O casamento, Dona Lúcia, que problema e que mistério! Mande-me notícias suas. Há uma semana não sei o que se passa em Petrópolis. Pode, porém, crer que a informarei das novidades do nosso caso. Não lhe parece interessante? Com amizade

Antero

XVI

De Pedro Glotonosk à Generala-viúva Alvear

Excelentíssima Senhora Generala

Sou intérprete dos sentimentos da empresa perante Vossa Excelência por não poder arranjar os quartos, que foram inadvertidamente prometidos. Os veranistas que têm vindo de São Paulo, depois da carta de Vossa Excelência, vêm sem apartamentos. O hotel está cheio. Os anexos também. Os outros hotéis estão sem um aposento e Vossa Excelência sabe o que eles são. O próprio quarto dos fundos do Hotel da Empresa já foi cedido ao Sr. Matarano, de Curitiba. Previno a Vossa Excelência para não se abalançar a uma viagem incômoda. Logo que vague o primeiro quarto, telegrafaremos a Vossa Excelência.

Pela Empresa de Melhoramentos

Pedro Glotonosk, gerente do hotel

XVII

De Stella Dovani a Mademoiselle Martha Dovani –
Sacré-Coeur, Petrópolis

Minha santa
Hás de estar assustada pela falta de cartas de tua mamã. Perdoa. Sabes bem que o meu único pensamento é a minha filhinha do coração. A vida ainda tem uma porção de contingência que nos separarão algum tempo. De Ribeirão Preto, onde finalizava o meu contrato, fui chamada a Poços de Caldas por dezoito dias. Era um oferecimento vantajoso. Com a Europa em guerra e o Rio sem teatros sérios é melhor aproveitar as "estações" que pelo menos pagam regularmente. Fui recebida pelo público de elite, a melhor sociedade do Rio e de São Paulo, com o respeito e a admiração a que gente tão distinta me acostumou. Além de ser o grande número constante do Politeama, as principais famílias conseguiram que eu me fizesse ouvir nos chás dos principais hotéis, que são dois. Assim triplico as vantagens do meu contrato e provavelmente terei uma festa artística sem precisar passar os bilhetes. Aqui o clima é muito bom, o céu muito lindo e a mamã da filha querida vai passando graças a Deus com saúde.
    E tu? Bem? Muitos progressos? A tua carta recebida em Ribeirão e escrita em francês deu-me muita alegria. Aproveita.

Prepara-te. Estuda. Ouve as irmãs e os seus bons conselhos. Elas são tão dignas, tão doces, tão amigas! Quando voltar ao Rio, que há de ser lá para o fim de abril, pedirei oito dias para estarmos juntas e conversarmos muito, muito. Também é só mais três anos dessa separação. Depois, nunca mais nos deixaremos. A cantora vai só cantar para o seu coração, não é?

Podes escrever para esta cidade. Uso aqui o mesmo nome que em Ribeirão. É melhor. Tenho menos responsabilidade. E ninguém depois poderá dizer que para ganhar honradamente a vida e por falta de teatro Stella Dovani fez os teatros pequenos das estações d'água... Adeus, meu tesouro. Pensa em mim. Reza pela tua mamã, anjo da minha alma, meu único bem. Beijos. Beijos. Beijos. Deus te abençoe.

Stella

XVIII

José Bento, secretário dos Oleps, a Justiniano Marques – Pensão Bucareste, São Paulo

Justi

Não tivesse eu família e dois filhos da Olga, e mandaria ao diabo este serviço de secretário de turnê. Se conseguir terminar com algum lucro os Oleps, estou decidido a ficar no Rio e a viver do esforço da minha pena, embora mais modestamente. Meu irmão, que trabalheira! Esses "artistas" são piores que crianças pequenas e teimosas. Você sabe o Oleps? Parece que era barbeiro e dançava nos Fenianos maxixe. Num dos concursos carnavalescos que o Loló empresário arranjou no Recreio tirou o primeiro prêmio, dado por um júri de repórteres camaradas do Loló. Depois, pouco depois, estava num clube da Rua do Passeio, dançarino da casa, com a ceia e dez mil-réis por noite. Era melhor que a barbearia. No clube dançavam as quatro russas virgens que um empresário abandonara no Rio com o tutor, um velho gordo, sempre com o chicote escondido no sobretudo.

As meninas russas de perna de fora resistiram a todos os gabirus. A Natucha, quando o Oleps não tinha par, aprendia com ele o maxixe. Oleps é magro e mole como uma minhoca. Usa unhas compridas. Inventou o maxixe serpente e o maxixe treme-treme. Ao cabo de dois meses Natucha casou com Oleps. Ele diz sempre: "Minha senhora!" quando a ela se refere. E ela, que é de uma estupidez inacreditável, quando fala dele diz "Meu senhorra". No fundo, pensavam ambos fazer um bom negócio com o casamento e dessa opinião devia ter sido o tutor do chicote. Mas Natucha é de uma honestidade de escrava e Oleps é de uma burrice de cavalo. Ao sair do clube, que estava farto de aguentar a lua de mel, ninguém os quis. Passaram fome, foram postos fora de várias pensões sem pagar. Devem-me a mim, à minha inteligência, ao meu trabalho — tudo! Por pena deles deixei de auxiliar o Loló, de fazer as minhas revistas, para trazê-los por aí. Sem a minha influência teriam sido vaiados. Já pagaram todas as dívidas. Oleps pode levar mesmo um saldo.

Aqui, além dos vencimentos magníficos — só dos vencimentos podem forrar uns oitenta, dos quais a metade é minha — arranjei-lhes sessenta mil-réis para dar a cara como "faróis" na roleta. A situação é ótima.

Mas sabe você a recompensa do meu esforço?

O Oleps, em vez de jogar de brincadeira, vendo se fica pelo menos com uns dez por dia, o Oleps joga de verdade, joga do dele. Acabados os sessenta, puxa do dinheiro ou pede-me. A princípio ganhou. Mas anteontem perdeu trezentos e ontem duzentos. Fiz-lhe uma cena. O miserável disse que o dinheiro era dele e que se eu não o desse, deixaria de dançar. Estou quase a cortar. Haviam de ficar bem, os desgraçados! Só não o faço porque me prejudicaria no momento, principalmente quanto as minhas relações aqui.

Ao demais não são apenas esses os incômodos. Temos o André, o nosso conquistador. Com o peito empinado como o de um peru, aquela cara de esbórnia permanente está sempre a sorrir, à espera que as sultanas lhe atirem o lenço. É decididamente maluco. Mas há sultanas para tudo. No Politeama, apesar dos sorrisos e dos olhares, parece que as senhoras da alta sociedade não querem desse gênero. No resto, prendo-o eu, levando-o à realidade a cada instante. Obstarei o escândalo?

No elenco do Politeama há uma pequena magrinha e morfinômana, Ivete Rip, que veio de Ribeirão Preto.

Canta como uma siringa. André impressionou-a. Anda em torno dela. Não haveria mal nisso se não houvesse a acompanhá-la o Coronel Titino Jurumenha, fazendeiro riquíssimo e caipira autêntico. Tem cinquenta anos, é forte como um touro e ama, também como um touro, a pequena. Ainda o mês passado mandou o filho ao Rio para comprar "umas bichinhas" para a Ivete. As bichas custaram doze contos e o pequeno gastou mais vinte, tomando uma indigestão de Ivetes.

— Rapaziada — diz-me Titino. — O rapaz tem pra gastar. Saiu ao pai. É meu filho. Porque o coronel é meu camarada. Tive que me fazer seu admirador para ver se obsto a cena em perspectiva. Titino reparte-se entre Ivete e a roleta. Perde em ambas. Mas não se afasta nem de uma nem de outra, e da Ivete tem um ciúme de meter medo.

— Que espécie de mocinho é esse seu André? indagou ele.
— Excelente rapaz, coronel. Filho de muito boa família.
— Que família?
— Do Dr. Miranda, proprietário de terras da Gávea.
— Ah! E está cantando?
— Rapaziada. Não vê o coronel que ele brigou com o pai...
— Ele parece que gosta muito das pequenas...

Depois dessa conversa, que eu comuniquei logo ao Miranda, imagina o que ele faz? À saída do Éden estava uma aranha para ir beber água à Fonte Quinze. A Ivete aparece só, tem vontade de aprender a guiar, e o Sr. Miranda voa com ela estrada acima, nas minhas barbas!

O coronel ainda estava em cima, perdendo à roleta. Tive a esperança de que não soubesse nada, pois dali sairia para jantar no hotel. Tomei outra aranha e fui ao encalço do malandro e da tipa. Mas, apesar de voltarmos os três, eu no meio dos dois, para que o coronel não tivesse nem suspeitas, ontem no bar, antes de começar o espetáculo, Titino sentou-se à minha mesa com um ar carrancudo.

— Então deram o seu passeiozinho?
— É verdade, coronel. Como Dona Ivete quisesse aprender a guiar, não o quis incomodar ao jogo, e demos uma volta. Entre colegas isso é comum.
— Você é um homem sério que não faz maluquice.
— Coronel, eu sou casado, com dois filhos menores. Depois, respeito muito o coronel.
— Mas foi com vocês aquele mocinho atrevido.
— O André. Colega, o senhor sabe...
— Sim, esse. Olhe. Ele anda fazendo roda à Ivetinha. Ela é fraquinha. Eu não fico zangado com ela. Mas se ele não parar com o jogo, dou uma sova nele...
É esta, Justiniano, a perspectiva de êxito da *troupe* em Poços: de um lado, a ruína no jogo, de outro, a sova do coronel com escândalo. Escrevo para desabafar enquanto os cachorros estão a fingir de artistas. Que sairá de tudo isto?
Lembranças a todos.

Bento

XIX

De Teodomiro Pacheco a Godofredo de Alencar – Jockey Club, Rio

Os extraordinários conhecimentos que a vida me tem proporcionado nesta vilegiatura de neurastenia ativa devem te ter feito rir. Os progressos são de tal forma alarmantes que não posso furtar-me ao desejo de vos comunicar como um castigo para a minha passada inconsciência, como um castigo para quantos egoisticamente ficam neurastênicos, esquecendo o pobre drama da humanidade. Depois do caso amargo do caboclo Joaquim, resolvi não tomar banho no hotel, que vários médicos – por uma questão de luta político-comercial – consideram menos eficiente. Vou todas as manhãs a Macacos ou às Termas. Os banhos aí são dados em antiquíssimas banheiras de pau ou de cimento, cuja higiene, se não fosse a água sulfúrica, deixaria muito a desejar. Mas aí as horas do banho reúnem batalhões de todos os hotéis, dos variados hotéis, pensões, hospedarias da cidade de cura. E eu tenho o prazer macabro de desiludir-me, de ver a intimidade de uma porção de desconhecidos.

Não há elegantes. Em Macacos predominam as mulheres donas de uma vida que denominam alegre. Nas Termas, homens de trabalho que sobem a montanha por necessidade. À tarde, quando vejo os cavalheiros bem-vestidos, rindo nos passeios ou conversando nos salões da roleta; à noite, quando encontro, pintadas e estridentes, em torno das mesas de *bac* ou de um campista, as damas – lembro-me das manhãs. Vês aquele rapaz que dá gargalhadas? Foi retirado de uma banheira quase morto. Vês aquela linda mulher, cheia de joias? Inteiramente perdida. Os consultórios dos médicos ligados às Termas lembram os teatros nos dias de enchente. Os facultativos mais práticos põem em fila os clientes do mesmo mal e ministram-lhes sucessivamente a mesma injeção. Horror! São artríticos, reumáticos, gafentos, ulcerados, avariados – o pobre mundo, o terrível mundo...

Saio desses lugares desanimado. Para que a vida? Por que esse amor à vida, esse apetite de mentira de existência sem saúde, propagando o mal? Que prazer haverá em viver assim, parecendo são de corpo?

Ora, outro dia fui dar um passeio a pé, com umas senhoras e uns cavalheiros. Era à tarde. Ia conosco, de chile à banda e guarda-chuva debaixo do braço, o cientista Dr. Polidoro.

As senhoras, de vestidos claros e rendados, arvoravam, na ensolada poeira de Caldas, sombrinhas de cores vivas; os homens estavam de roupas leves, com as abas dos panamás rebatidas, os sapatos brancos cobertos de pó da estrada, e o bando evoluíra assim, de parada em parada, entre risos e frases feitas para os risos.

De repente, Polidoro para, e Polidoro diz:

— Querem os senhores coroar esta passeata com a visão do Terrível?

Nos olhos das senhoras houve uma luz de curiosidade. As senhoras são bondosamente perversas. Há mais crueldade num coração de dama caridosa que na mais feroz alma de *apache*. Os homens ficaram indiferentes, salvo o alegre Coronel Pereira, que ainda mais alegre ficou.

— Pois vamos a ver essa visão terrível!

E instintivamente acompanháramos o cavalheiro cruel até a porta de uma cabana. Aí o bando parou.

— Os senhores entram, instruiu o revelador da grande sensação, como um empresário preparando os aplausos para o espetáculo; os senhores entram, dão à netinha que dela cuida qualquer coisa e tenham um ar triste. Ela fala pouco e aceita esmolas.

— Ela quem?

— A velha, homem, a minha visão, a tia Rita. Uma mulher, que há vinte anos não se move e até hoje espera a cura na mesma posição! Um espetáculo horrível! Entrem...

Pela redolência verde-escura das curvas das coxilhas, a tarde desfazia em reflexos de nácar e de madrepérola. Um carro de bois passava, lento, o chiar áspero das rodas arrastado por oito juntas de ruminantes magros. Entramos, acostumando os olhos ao novo ambiente e distinguindo aos poucos, entre as quatro paredes de barro e madeira enquadrada, um fogão de tijolo ao fundo, um oratório com a Senhora da Conceição, uma pequena mesa e dois surrões de couro. Do monte de cascas de milho que enchia o meio da sala surgiu, à nossa entrada, a figurinha magra de uma menina. Ardiam-lhe os olhos como se tivesse febre. Olhou-nos, sorriu, meteu as mãos no casabeque e bradou:

— Vovó, gente!...

E correu para um dos surrões.

Os nossos olhos distinguiram então a visão que o cavalheiro nos quisera impor. Era uma velha macróbia. O reumatismo tinha, como um polvo, manietado por completo a pobre. Lentamente, pouco a pouco, pegara-a pelas extremidades, deformando-lhe a princípio as mãos, depois os braços, depois as espáduas, depois o pescoço, para, finalmente, grilhetear-lhe os membros inferiores. Ela estava sentada, isto é, um único pedaço da magra anca indolorida sentava no surrão. O pescoço voltava-se sempre para o poente; os cabelos empastados e em desordem coroavam-lhe a face lívida, invadida, nas pálpebras pesadas, pelos xantemas da velhice; os olhos guardavam como um fugitivo fulgor, e a respiração ofegante mostrava-lhe na pele seca da garganta o bater descompassado das artérias. Uma das suas mãos tinha os dedos todos voltados para cima, enquanto na outra cada nodosidade das falanges tomava um jeito diverso – de modo que toda a mão deformada lembrava a curva rebentada de uma garra numa suprema contração. Mas essa mão, assim torcida, era ainda mais horrenda, era como se tivesse saído de um braseiro. Tomava-a por inteiro uma vermelhidão sanguinolenta, em que as empolas de dimensões estranhas se encadeavam braço acima, guardando um líquido viscoso e purulento, que em umas escorria murchando e enrugando a pele e em outras tumescia com brilhos baços. Entre os dedos, que a anquilose abria naquele perpétuo gesto esfacelado, as empolas cresciam do tamanho de nozes, e algumas abrindo purulavam, deixando ver a nauseante epiderme.

A pobre mulher tinha uma perna estendida e meio nua. Era de uma cor amarela, com uma série de placas córneas e negras de vários feitios; e essas placas, salientes, atrozes, pareciam ligadas por finas arborizações que se alastravam sob a pele, numa delirante hipertrofia papilar.

Era assustador. Parecia que todas as pragas, todos os castigos do céu, todas as inclemências da natureza, haviam desabado sobre a mísera velha em pústulas e anquiloses num colossal martírio de vinte anos.

Diante daquele espetáculo, entretanto, dois sentimentos apenas floriam nos nossos belos corações: o nojo e o vago terror fatalista de que talvez viéssemos a sofrer a mesma coisa. As senhoras, murmurando frases de pena, que eram como o esconjuro contra o mal, foram dando à pequena notas de banco que a mãozinha ávida logo fazia desaparecer; os homens consultavam a algibeira, convencidos de que para toda aquela tragédia o dinheiro era um bálsamo de primeira ordem...

Foi então que o Polidoro deu à voz um tom meigo e indagou:

— Como vai tia Rita?

— Mal, meu senhor, mal... Eu sofro muito.

— Isso há de passar. Não há mal que sempre dure... Nós somos da cidade, nós somos banhistas. Viemos fazer-lhe uma visita, ouviu?

— Ouvi, sim, meu senhor...

— E eu aqui falo em nome das senhoras. Que deseja a tia Rita? Diga, vamos... Terá tudo quanto desejar...

Houve um silêncio. Duas lágrimas rolavam pelas faces trágicas.

— Diga — insistiu o sujeito. — Qual o seu maior desejo? Já lhe disse que terá tudo quanto quiser – dinheiro, uma casa, médicos, tudo, tudo... Estas senhoras são as fadas do bem.

De novo o silêncio caiu como chumbo. A mão intumescida da velha parecia sair das chamas num desesperado apelo, e pelas suas faces magras outras lágrimas rolavam.

Aquilo virava numa farsa demasiado lúgubre. Um travo de angústia já me secava a garganta.

— Está zangada, tia Rita? Fale. Todos nós temos no íntimo d'alma um grande desejo, cuja realização julgamos ser a suprema ventura. Diga o seu.

A velha voltou para ele o olhar – um olhar inexprimível, profundo, terrível.

— O meu desejo, meu senhor, o que eu mais quero no mundo? Ninguém daqui me pode dar. Só Deus – Deus e Nossa Senhora!

— Ah! já sei, é a saúde.

— Não é. Deus quis que eu ficasse assim, mas eu ainda escuto, eu ainda falo, eu ainda vejo os meus bons senhores e estas senhoras bonitas. Deus é bom...

Um estranho sentimento nos apertava o coração. A velha começava a impressionar.

— Mas então, com a breca, tornou o sujeito, curioso e indiferente, então que é?

— O meu desejo... Vossa Senhoria quer saber o meu desejo?

E, de repente, num soluço que lhe levantou o magro peito e lhe deu à face uma contração convulsa de dor, num soluço em que me pareceu ver a ânsia de toda a humanidade sofredora, e esse misterioso e potente sentimento que amarra à existência o sofrimento: num soluço que era um mundo:

— Só Deus... eu quero viver!
— Mesmo assim, tia Rita?
— Mesmo assim... eu tenho medo de morrer! eu quero viver! Viver... viver... mais... mais... mais!

Aquela velha, entrevada quatro lustros, coberta de dermatoses flageladoras, ofegante, com setenta anos, sem esperanças, sem alegrias, sob a inclemência hórrida da fatalidade, temia a morte, queria viver mais!... Todos nós estávamos frios, angustiados. As senhoras foram saindo em primeiro lugar sem dizer palavra. Na miserável cabana as saias de seda faziam, sob as rendas leves dos vestidos, um ruge-ruge discreto. Os homens não podiam falar.

Tia Rita ficou só, silenciosa, imóvel como há vinte anos, olhando a porta, por onde partia toda aquela gente que andava; ficou só, velha gasta, flagelada, agarrando-se à escarpa da vida, que lhe não dera senão dores. E, fora, em torno, como para perdoar o seu desejo tremendo, no ar suave, perfumado de odores silvestres, na preguiçosa nostalgia daquele crepúsculo de cádmium e prata, estriado das luzes de que a eletricidade coagulara a vida, a natureza cantava um hino, que era um segredo e uma apoteose, um hino excitante como uma fanfarra, enlanguescedor como o abemolado som de um violino ao longe – a única, a deliciosa, a suprema ventura de viver...

Teodomiro

XX

De Antero Pedreira à Sra. Dona Lúcia Goldschmidt de Resende — Petrópolis

É espantoso que não tenha recebido cartas minhas. Antes do mais, era impossível esquecê-la. Depois, os assuntos são tantos em Poços, que irresistivelmente, mesmo não desejando escrever cartas, eu escreveria folhetins. Foi o que fiz. A esta hora, decerto, o correio já se cansou de reter as cartas e a minha ilustre amiga terá visto como foi injusta e como está esta estação de cura interessante com a ameaça de dois casamentos, ambos inacreditáveis: o da estouvada Íris Lessa com Flávio de Mendonça e o do estouvadíssimo Olivério Gomes com a Olga Luz! Sim! Realizou-se, ou antes, realiza-se aquilo de que ainda tinha dúvidas na minha última narrativa. Guiado por Dona Maria de Albuquerque, protegido escandalosamente pela velha Mademoiselle Hobereau, visto com infinita complacência pela Marquesa Justina, Olivério está prestes a ganhar o grande prêmio Olga; e, o que é mais, com uma quase paixão de Olga.

O acontecimento decidiu-se favoravelmente nestes últimos oito dias, depois do passeio a cavalo à caixa d'água. Olivério fez o jogo do desaparecimento. Estava sempre nos seus apartamentos a escrever. Devo, a bem da verdade, dizer que o peguei uma noite no corredor, conversando baixo com a dama de companhia e que esse colóquio tem uma alta significação como carta para o *royal flush* matrimonial. As reuniões no salão sem Olivério, apesar da conversa do Severo da Gama, tinham um ar morno; a roleta familiar e os tangos sem a alegria de Olivério falhavam; e, quanto a passeios, seriam um verdadeiro desastre sem Olivério. O caso é que sempre, à última hora, Dona Maria diz:

— Falta-nos o Olivério!

E as senhoras mandam-no chamar.

Olivério vem aborrecido, brilha e some-se.

Imagine, Dona Lúcia, a cara dos outros rapazes! Eles, aliás, são de uma estupidez comovente. Para afastar o rival, falam mal dele à Marquesa Justina e à Olga. Resultado: afundam de todo, porque, amparado pelas senhoras, Olivério só diz bem deles e mostra um desprendimento fascinador. Há nada mais fascinador para as mulheres que o desprendimento?

Ontem fazia luar, o célebre luar de Poços, de uma doçura de lírios diluídos. Tínhamos ido ver, numa tasca próxima, o italiano Giuseppe, homem que come mais do que dez homens, e o Fontoura lembrou um passeio até o Posto Zootécnico. Fomos em automóveis por uma estrada fenomenalmente má. Procurado, Olivério não se fizera encontrado. Quando, porém, chegamos ao Posto Zootécnico, que encontramos nós? Miss Wright, a criada de Miss Wright, o Pedrinho gerente, o Olivério Gomes, saudando o luar com champanhe gelada.

Vejo o seu espanto diante de um Posto Zootécnico, transformado em centro de convescotes noturnos. É, entretanto, a simples realidade. Sabe Dona Lúcia o horror dos ministros da agricultura não só pelos seus antecessores, como pela indústria pastoril e creio mesmo que pela agricultura. A maioria dos postos zootécnicos são admiráveis vilas espalhadas pelo Brasil, sem exemplares nem de funcionários. O de Poços é um palácio à beira de um lago. O prefeito cedeu-o a um esquisito espanhol, calvo, magro como um arenque, viajado, poliglota, casado e vagamente poeta decadente. O espanhol chama-se Espronceda Benavente, e se diz parente de todos os Espronceda e os Benavente célebres. Trata, por isso, todos por tu, fala muito, canta cançonetas, repete os *cabaretiers* da Place Pigalle, é vertiginoso. Assim vertiginosamente estabeleceu o lar no andar de cima e fez embaixo e nos parques um botequim permanente, onde pela manhã há vacas leiteiras como no Pré Catelan, custando o copo de leite quatro tostões e à noite cerveja e champanhe, por preços ainda mais imprevistos que o do copo de leite.

— *Quel honneur, prince!* — cacareja Espronceda Benavente, ao ver as damas em *toilette* e os homens de *smoking*. — *Et vous, belles princesses! All right!*

Depois dispara a tutratar a todos. Severo da Gama não o pode ver.

Assim, quando saltamos dos heroicos automóveis (que passando sobre os mil tropeços da estrada, mais parecem com os tanques ingleses), Espronceda Benavente logo gritou:

— *C'est le rendez-vous des perles ce soir! On a les gens comme il faut! Toi, marquise, viens que je le montre le diplomate Oliverio et sa compagnie!*

Esse espanhol fala só francês. Eu não tenho o hábito do espanhol. Mas só encontro uma palavra para definir o momento em que os dois grupos se encontram: – *Tableau!*

Não que houvesse dúvidas quanto a Miss Wright. Miss Wright é uma jovem ardente, extremamente moderna. A opinião de Íris Lessa a este respeito é ponderável, como a de Pedrinho. Precisamente estava Pedrinho acanhado pela presença de nenúfar passado de Dona Maria. Mas o que era evidente e doloroso para o nosso grupo tão fechado e que tanto festeja Olivério, era que Olivério do nosso grupo fugia, preferindo o gerente, e a pequena inglesa, à Dona Maria, à Marquesa Justina, à Olga!

— Isso se faz? indagou Dona Maria, sem ver Pedrinho, cada vez mais gerente e mais menino lindo diante do luzido grupo. Andamos à sua procura, Olivério!

Olivério estava imperturbável.

— Nunca pensei que admirassem o luar! O luar hoje só é sentido pelos simples como Pedrinho, que não o veem, pelos práticos que o interpretam como Gladys e pelos silenciosos como a dama de companhia de Gladys.

— Quem lhe disse que eu não compreendo o luar? — indagou trêmula a doce Olga.

— Também não sabia que o compreendia.

— Você é um bandoleiro! — fez, radiante de beleza, a marquesa Justina.

— Ofereça-nos champanhe, ao menos! — riu Dona Maria.

Lembrança retardada. Com um exagero, desta vez nada francês, mas visceralmente castelhano, Espronceda Benavente já abrira várias garrafas desse vinho, que, como todas as coisas boas, dá muito prazer no momento e faz muito mal muito tempo. Sobre as árvores, recamando as colinas, abrindo no espaço o êxtase azul da luz, ligando céu e terra no mesmo espasmo, o luar esplendia. E o grande silêncio era apenas tocado pelas vozes dos animais da noite. Bebemos, assim, em silêncio, em libações a Ártemis, a única deusa virgem, que, aliás, amou em sonho Endimião. Depois, Dona Maria disse:

— Mas, quantas aves por estas brenhas!

— Não são aves, são sapos — explicou Pedrinho. — Estão no lago. Há os que coaxam como tambor, há os que piam, há os que têm a voz de marrecos, há os que parecem pássaros. Poços é célebre pela variedade de sapos. Um sábio alemão, que esteve aqui o ano passado...

— Um alemão?

— Ele dizia-se suíço, depois da guerra. Pois esse sábio conseguiu grafar vinte e dois coaxos diferentes de diferentes sapos... As senhoras daqui não ouvem bem.

— *Allons au lac!* — bradou Espronceda.

— Mostre-me um desses animais, Pedrinho.

Descemos, então, a alameda que ia dar ao lago. À procura do sapo... Devo dizer que Íris Lessa procurava o sapo com o Flávio de Mendonça e Dona Maria seguia o gerente, mais bonito pelo luar e pelo champanhe que o São Sebastião de Guercino. Devo dizer que Miss Wright (conhecedora do local) exigiu que eu a acompanhasse até uma ribanceira onde podíamos ver *the toad leap in water*. Foi tudo quanto há de mais inocente. Não veja Dona Lúcia os sapos de Poços querendo parecer bois, como a rã de La Fontaine... Entro neste detalhe para consignar a minha ignorância quanto à formação dos outros grupos para ouvir o coral wagneriano da variedade batráquia no inaudito Posto Zootécnico de Poços.

Com quem teria ouvido os sapos Severo da Gama? É inútil indagar. *No lo sé*. Sei apenas que, uma hora depois, quando voltamos ao hotel, Olga Luz tinha a fisionomia trágica. Fiquei com a certeza de que, com a sua beleza e a sua alma encantadora, tinha sido ela o único sapo da noite, definitivamente engolido pela serpente. E é outra coisa o mundo senão um coro infindável de sapos martelando coaxos para iludir a tentação de algumas serpentes? Até o próximo correio.

Antero

XXI

De Olga da Luz a Guiomar Pereira –
Avenida Paulista, São Paulo

Gui

Antes de falar a outras, mesmo antes de dizer à mamã, quero escrever-te, quero desabafar. Venho agora de um passeio ao Posto Zootécnico, que tem uma infinidade de sapos. Fazia luar. Faz um esplêndido luar, desses luares que choram sobre a terra. Loucura, Gui! Loucura! Contei-te a impressão causada aqui em todos pelo diplomata Olivério Gomes, filho do Senador Gomes. É uma criatura diferente de todas as outras, que não me fazia a corte, que não quer casar. Quanto me sentia irritada pela avidez dos pretendentes, quanto me fez mal a sua boa camaradagem, sem pretensões de galanteio. Eu, Olga da Luz, eu, que tu conheces, desejei curvá-lo. Não me perguntes como, por quê? O ambiente sensual da serra, todos a me falarem dele, ele sem me dar importância... Não sei! Não sei! E há pouco, ao luar, num lugar ermo, a tomar champanhe, deu-me uma cólera, uma agonia. Não me contive. Exprobrei-lhe a sua preocupação de fugir-me. E tenho bem vivas as suas palavras:

— Que deseja do raro camarada? Quer que lhe declare paixão? Com que fim? Realmente. Evito-a. Evito-a não só porque não quero casar, como não desejo ver humilhado o meu sentimento. Você é boa, é inteligente. Poupei-me. Se a minha presença a incomoda, parto amanhã. Porque, afinal, estamos representando ou o *Romance de um moço pobre*, ou a *Princesa dos dólares*! Mau! Cruel! Cruel! Não me contive. Desatei em pranto. Então ele pediu-me perdão com a voz terna, tão terna que parecia mel, ajoelhou-se, disse que me evitava exatamente porque eu era *outra coisa irresistível* e que era preciso resistir, que talvez me amasse, mas...

Mas, ama-me! Sim! Eu não sou uma ingênua! Conheço-os bem, os caçadores deste meu dote, que odeio com horror! Sei o mal que o meu dinheiro faz ao sentimento. Não o amo ainda a ele, mas sei que é também *outra coisa*, que não quer o meu dinheiro, que me aprecia a mim, por mim, com a sua inteligência, o seu conhecimento.

Amanhã digo a mamã. Devo estar quase noiva, aliviada de pretendentes. Creio que nenhum dos meus íntimos é contra Olivério. E estou contente, estou triste, estou nervosa. Estou com a angústia de que ainda nada seja senão um sonho do luar, minha Gui, um sonho da pobre

Olga

XXII

*De Olivério Gomes a Sua Excelência o Senador
Pereira Gomes – Rua Conde de Bonfim, Rio – Urgente*

Meu pai
Devo, desde o começo, tranquilizá-lo, dando-lhe uma notícia alegre: o telegrama que acabei de lhe enviar, telegrama urgente que custou ao barbeiro do hotel a miserável quantia de cinquenta e dois mil-réis, deve ser o último que lhe enviarei pedindo dinheiro. Se nesse telegrama citei algumas pessoas que estão em Poços e são nossas amigas, é para que o senador meu pai possa se informar da veracidade dos acontecimentos. Tenho a certeza de que, antes de ler esta, já terá indagado e já terá providenciado para que eu receba aqui com urgência uma soma decente.
Se o fato não decidisse da minha feliz carreira, não explicaria o telegrama por carta. Nada mais inútil do que escrever cartas, e eu não perco tempo com essa invenção das mães de família, como Madame de Sévigné.
Trata-se do seguinte:
Graças à minha inteligência, consegui impressionar vivamente Olga da Luz, filha do defunto milionário Luz, Marquês do Santo Sepulcro. Ao contrário de todos os grandes dotes, Olga é bonita, inteligente e quer ser amada por um homem excepcional. Resistiu aos pretendentes, e eu não posso resistir

a ela, apesar de ser considerado tão mal pelo meu excelente pai. Caso. Amanhã serei apresentado quase oficialmente. Em chegando a São Paulo, dentro de quinze dias, espero-o para fazer o pedido.

Ajudou-me muito nisso Dona Maria de Albuquerque. Agora, o reverso.

Para fazer o homem de bem, dei vários almoços e ceias e piqueniques. Os vencimentos de 2º secretário, recebidos em papel, que não pode ser moeda e a soma que o senhor me deu voaram. Devo tudo. Devo ao barbeiro (homem extraordinariamente abonado!), devo ao gerente do hotel, com quem sou forçado a dar passeios para captar-lhe a admiração. Devo mais que D. Pablo Urtigas, o homem mais impagável do orbe.

E devo, principalmente, não lhe mentir.

É necessário retirar-me dignamente, como futuro chefe de uma grande fortuna. Compreenderá que não posso gastar esse dinheiro em pândegas. A situação inibe-me. Peço, pois, a urgência desse dinheiro – pelo menos seis contos. Beija-lhe a mão o seu filho glorioso, Loló, na intimidade, mas o próximo ministro em Paris,

Sua Excelência, o Dr. *Olivério de Pereira Gomes*

XXIII

*De Dona Maria de Albuquerque a Sua Excelência
o Senador Pereira Gomes – Rua Conde de Bonfim, Rio*

Senhor Senador
    Respondi ao seu telegrama confidencial, como era de meu dever responder. Realmente, o nosso querido Olivério vai-nos dar o prazer de deixar a vida juvenil pela segurança do matrimônio. A fada que o transformou é Olga Luz, criança que eu quase vi nascer, flor de encanto, filha da minha amiga Justina da Luz. O meu telegrama em resposta ao seu é a expressão da verdade.
    Respondendo à sua carta agora, agradeço muito as expressões de amizade que comoveram o meu coração. Sabe o meu afeto por Olivério. É de justiça dizer que a beleza do futuro enlace vem de mútua inclinação dos dois jovens, não impelidos por nenhum desses sentimentos subalternos que tanto enfeiam os casamentos da Primeira República. Olivério regenera-se pelo amor. Olga, amará sem pensar nos embaraços que aos sentimentos sinceros traz a vil pecúnia. Ainda uma vez grata à sua confiança.

Maria de Albuquerque

XXIV

De Jacques Fontoura a Jorge Pedra –
Automóvel Club, São Paulo

Meu caro Jorge
Nestes últimos dias da "grande semana" de Poços só penso no nosso projetado passeio ao Paranapanema. Estou muito pouco mundano e convencido de que o melhor é fazer o que fizeram vocês: recorrer à terra. Para você que sabe das razões da minha vinda a Poços – o meu desejo é uma confirmação de derrota. Sim! Derrota. Mas que derrota! Olga não teve por nós paulistas senão um ar impertinente. Nenhum dos filhos de famílias importantes de São Paulo conseguiu impressionar essa pretensiosa. E, contudo, Olga foi vencida, vai casar, está pedida quase!...
Não se admire. É um secretário de legação, o Olivério Gomes, do Rio de Janeiro. Você deve conhecê-lo daquela ceia *chez* Sanches, em que ele mandou a conta para o pai pagar. É um "pronto" que gasta como os mais ricos e vive uma vida por isso mesmo doida. Jamais, porém, vi um tal *aplomb*, um topete comparável e laços de gravata tão bem dados. Ele assegura que foi o Príncipe Fieschi, em Roma, que lhe revelou o segredo do *petit noeud*. E assim reduziu Olga e toda a "banda" esnobe a contar mentiras.
Os mais práticos na mocidade veranista abandonaram a menina rica. Flávio Mendonça está mesmo comprometido com

outra, a Íris Lessa. Eu não penso no impossível da concurrência, tanto mais quanto Olivério Gomes organizou um vasto complô feminino, em que entram Dona Maria de Albuquerque – essa terrível velha diplomata – e Mademoiselle Hobereau. Como vencer? Não sei o contrato de Dona Maria com Olivério. Mas tenho a certeza de que um mês depois do casamento Mademoiselle Hobereau receberá um cheque de cem contos de réis em paga dos seus bons serviços de catequização.

Como vencer? repito.

Fomos todos uns idiotas pela pretensão. Um neurastênico, o Teodomiro Pacheco, assegurou-me que os paulistas têm tanto de invencíveis e inteligentes juntos como de pretensiosos e incapazes separados. Não compreendi bem; mas dou-lhe razão. Se tivéssemos tido tino, pelo menos uma fortuna como a de Olga não sairia de São Paulo, e logo para as mãos de um carioca tagarela.

Depois de derrotados, entretanto, só o Gomide não se conformou. Ele sabe que o Olivério Gomes tem, há dois anos, um *crampon* escandaloso, a andaluza Pura Villar. Pura toma cocaína e sofre da doença do ciúme. Neste momento, Olivério conseguiu que ela ficasse em São Paulo, na casa da Bianca.

Ora, é positivo que nem Dona Maria, nem Mademoiselle Hobereau, nem Olivério comunicaram a Olga essa *liaison* pouco decente de Olivério. Gomide acha que um grande escândalo entre Pura e Olivério impediria o casamento, porque Olga não tem paixão por ninguém e é só a pretensão de ser amada por um "homem superior" que a leva ao despropósito do casamento.

Daí lembrar-se de um golpe. Escreveu uma carta anônima a Pura, excitando-lhe o ciúme, dizendo que Olivério a abandona para viver na orgia de Poços, com outra amante. "Se quiser ver, vá a Poços já", dizia a carta. Gomide conta que, ao receber a carta, Pura, com a sua fúria andaluza, tome o trem e chegue a Poços vinte e quatro horas depois. Para não ter responsabilidades, mandou pôr a carta no correio em Campinas, pelo agente-viajante do Hotel do Globo. Não é nenhum de nós, mas também não é Olivério!

Que lhe parece o plano? Fatalmente, Olivério não tem tempo de convencer Pura e tem de passar com ela à vista para impedir o escândalo. Poços, porém, é muito pequeno e um noivo não se abstém de aparecer sem que deixem de dizer à noiva o que ele faz. Como é difícil abandonar uma espanhola no dia em que ela chega, cheia de ciúmes, sem complicar definitivamente a situação, Gomide espera o desastre. Satânico, hein? E não nos lembrarmos disso logo no começo, divididos por uma rivalidade estúpida, em vez da defesa financeira de São Paulo!

Em todo o caso, é o fim. O grande dote não será nosso. Mas é preciso matar o Olivério. E o nosso medo é que a Pura não esteja mais na Bianca, ou esteja doente, ou não seja espanhola e *détraquée*. Porque, se Olivério consegue salvar-se da Pura, em Poços – é o vencedor!

Até breve, para conversarmos longamente. Esta história de escrever faz-me dor de cabeça. Sou muito mais homem de ação. De você, com estima

Fontoura

XXV

De José Bento, secretário dos Oleps, a Justiniano Marques – Pensão Bucareste, São Paulo

Meu caro Justi

Que topete o desse disfarçado tratante do cantor-*cabaretier* Miranda! Acabo de ler a tua carta, em que me contas tê-lo encontrado em São Paulo, dizendo que deixara a turnê por não lhe pagarmos! Patife! Nunca, na sua vida, salvo quando tem mulheres que marcham, ganhou tanto como conosco! Fazia trinta e cinco por dia, e mais quarenta para "farolar". Quase o que ganham os deputados. Não temos culpa que, com os hábitos de gigolô e a mania de ser homem chique conquistador, esse pulha ponha o dinheiro fora. Nos dias em que trabalhou cá, onde chegou na miséria, abandonado pelo Ibanaia, alugou um cavalo e um pajem para passear as manhãs. Só aí vinte mil--réis diários. Depois, na casa da Aureliana, onde se hospedou, mandava abrir vinhos ao jantar. Ele me disse várias vezes que precisava *se remonter*, e que era assim em Paris, para apanhar as *cocottes* com "arame". Aqui falhou completamente o plano. As mulheres são "escovadíssimas". Apenas a Ivete é que se deixava namorar.

Foi, aliás, Ivete a causa da partida desse senhor. Não sei se te recordas da última carta em que te expus as minhas colisões entre o namoro de André com Ivete e o ciúme truculento do Coronel Titino, um homem bom e selvagem ao mesmo tempo. Quando o coronel desconfiou, não houve meio de se tirar mais do pé da Ivete. Ia mesmo para os ensaios, e dizia, o engraçado é que dizia a Ivete:

— Tu me enganas com o cantorzinho, e eu quebro as costelas dele!

— Coronel, na sua posição, um escândalo?

— Qual escândalo? Escândalo é esse mocinho me querer fazer de tolo. Eu não conheço ele. Como é que hei de pagar para ele?

Era lógico. Ivete achou no caso uma diversão e excitava o André. André, por sua vez, com aquele peitão, não queria fazer feio. Imitava a voz do coronel, fazia sinais a Ivete. Um inferno. E eu no meio para impedir o choque, tendo ainda que correr aos Oleps, para não os ver torrar mesmo as pernas na roleta. Graças a Deus, o coronel, tendo simpatizado comigo, continha-se.

Há quatro dias, acabara eu de tomar chá no Éden, quando o Coronel Titino veio a mim:

— Você não disse que aquilo do cantor com a Ivete era de colega?

— Pareceu-me, coronel.

— Leia isso. Peguei na bolsa de Ivete.

Era uma carta de André em francês, com certeza "macaroni", que começava assim: Ivete, *mon petit amour*. Não há quem não compreenda o que vem a ser *mon petit amour*, mesmo não sabendo francês. O coronel não sabe francês, mas tem seis meses de Ivete. Compreendeu. Compreendera. Vi que só tinha uma solução: sacrificar o mal-agradecido do André.

— Coronel, faço o que o senhor quiser. Mando esse incorreto embora.

— Não, rapaz. Quem resolve os meus negócios sou eu mesmo. Mostrei a carta porque você parece sério e estava enganado com esse sujeito, que não me cheirava.

Que fazer? Prevenir o André? Estava farto de o prevenir. Era demais. Fui jantar. Não me lembrei mais do caso. Às sete horas estava no bar do Politeama, pensando na vida, quando entrou o Coronel Titino, os olhos chispando, a saliva fazendo espuma nos cantos da boca.

— Arranjei o seu bonitinho.
— Quê? Como?
— Acabo de dar umas lambadas nele, ali perto da Prefeitura.
— Coronel!
— Não me fale. Se não fosse você, eu matava ele a relho... Diga isso mesmo! Diga isso mesmo!

E atravessou o teatro, mergulhou no corredor do Grande Hotel. Fiquei aflitíssimo, porque o André podia falhar o programa e eu ter de pagar a multa. Mas ao mesmo tempo contentíssimo. Se todos fizessem como o coronel, patifes da laia do Miranda existiriam menos. Nesse estado d'alma fui à porta do bar, saí, andei até a Prefeitura, voltei até ao mercado. E aí por trás de uma árvore, perto da ponte, ouvi que me chamavam.

Era o André.
— Os bandidos? Os bandidos?
— Que bandidos?

Estava com o sobretudo sem manga, a gravata branca de lado, o peitilho da casaca sem botão, a cara com uma vergastada.

— Não sabes? O miserável Titino esperou-me com cinco bandidos ali, na Prefeitura. Deram-me uma sova. Não pude reagir. Todos armados de cacete. Fugi. Estava esperando alguém para te mandar dizer que não canto mais.

— Hoje pelo menos tens de cantar. Depois falarei com o Alberto.

— Não posso ficar aqui. O canalha mata-me. Não tenho segurança. Esta terra não tem soldados, não tem garantias. O cachorro é rico. Estou impossibilitado.

— Que te dizia eu?

— Ah! Mas não penses que levará a melhor! A Ivete é minha; já lhos preguei. E, se o encontro no Rio pelo carnaval, bebo-lhe o sangue. Sabes bem que o André não bebe nem água nem sangue. Quanto a dizer que a Ivete etc., só se foi ao lado do coronel. Acompanhei o pobre-diabo, que receava uma desfeita, até o teatro, fui empenhar-me com o Titino para não mais o agredir, tive de pedir ao empresário o rompimento do contrato, expondo, humilhado, as causas. Arnaldo é amigo de Titino. Passei a noite ao lado do *cabaretier montmartrois*, que temia ver aparecer, no Éden, Titino com os sicários. E, ainda pela manhã, depois de lhe dar dinheiro para a passagem, levei-o até a estação! André Miranda deu-me trabalho, deu-me prejuízos de dinheiro, portou-se como um canalha. Essa é a verdade. Não me espanta, pois, que me tenha caluniado. Mercê de Deus, sou pobre, sim, mas honrado. Se eu não fosse tolo, já teria deixado esta corja de artistas e cavalgaduras da ordem dos Oleps – que, se ainda vivem, é graças a mim.

Estarei em São Paulo esta semana. O contrato dos Oleps termina domingo.

Bento

XXVI

De José Bento, secretário dos Oleps, ao Coronel Joaquim Jurumenha, DD. Capitalista – Grande Hotel – Urgente

Hotel do Sul
Excelentíssimo Sr. Coronel. Respeitosos cumprimentos. Coronel. Não escreveria estas linhas, se não fosse o acanhamento e se a minha amarga situação a isso não me forçasse. O coronel tem feito o favor de me dispensar a sua amizade e, no pouco tempo em que quase vivemos juntos, sabe o meu esforço honesto e sério, sempre para manter a minha família – mulher, duas filhas, três irmãs e mãe ainda viva. Não há vida mais cheia de dissabores que esta de aturar artistas. O senhor tem visto o meu sofrimento e as minhas desilusões. Com a bolsa avariada pela loucura de Oleps, que joga tudo e não dança – se eu não lhe der o dinheiro para o jogo –, tive ainda de arranjar 600 $ (seiscentos mil-réis), que me exigia aquele ordinário do cantor André Miranda para se ir embora. Vi bem que esse miserável pretendia fazer escândalo, dando queixa à polícia e aos jornais de São Paulo, de que V. S.ª o atacara com um grupo de sicários. Para cortar o mal, dar-lhe-ia a camisa do corpo. Felizmente, ele partiu. Mas, com o contrato dos Oleps terminado, muito cheio de dívidas, sem dinheiro, recorro à bondade do Sr. Coronel para me salvar. Assim, pediria a V. S.ª que me emprestasse por

um mês a quantia de 2.000 $ (dois contos de réis), para pagar o que devemos e nos transportarmos a Santos, de onde, se formos felizes, logo o reembolsarei. Sou dos que consideram as dívidas sagradas.

Desde já agradeço a V. S.ª o seu bom coração. E, mesmo que não me queira salvar (o que não espero), peço que me considere seu servidor muito obrigado.

José Bento

P.S. O portador, que é de confiança, espera a resposta do Sr. Coronel ao seu aflito e desesperado criado.

XXVII

*De Teodomiro Pacheco a Godofredo
de Alencar – Jockey Club, Rio*

Estou decididamente muito melhor. A cura da neurastenia é insensível. Podemos, entretanto, ter a certeza da nossa melhora, quando tornamos a suportar sem grande enfado aquilo que mais nos aborrecia. Ora, ao vir para Caldas, aborrecia-me antes do mais o convívio da minha sociedade; e hoje passei o dia e a noite observando e rindo nessa mesma sociedade. Há prova mais cabal? Será do banho? Será do mau tratamento no hotel? Será da imensa desgraça já vista e sempre lição proveitosa?
    O certo é que hoje montei a cavalo e, tendo encontrado num dos montes os elegantíssimos Sanches Peres, a família Luz, o Antero Pedreira, cada vez mais esnobe, o Severo da Gama, Miss Wright, Íris Lessa e alguns meninos encantadores, entre os quais avulta o Olivério Gomes, senti a necessidade de comunicar com essa variedade animal chamada elegante e que é para o homem o que o gato angorá é para o tigre-de-bengala. Antero Pedreira, verdadeiro tipo do desocupado e por consequência do falador, incitara a curiosidade ambiente com a minha neurastenia ativa. De modo que o meu ar impertinente era considerado muito bem.
    Meu caro Godofredo! Você tem sempre um certo receio das relações literárias? Como passa, porém, a vida "divertindo-se"

com os elegantes? Agora, começo a perceber que só os fortes resistem a essa origem de todas as neurastenias e que se chama: a sociedade, ou como diz Antero: *notre monde*. Ao que parece estão aqui os representantes do *gratin* carioca e paulista. Assim resolvi ver como eles passam o dia. E fui inexorável para mim mesmo. No passeio notei como Antero se preocupa com a Gladys Wright, que, aliás, prefere o gerente Pedrinho, de quem tem grande birra o Severo da Gama. De resto, há preferências muito acentuadas no grupo: a de Flávio Mendonça pela Íris, o "amor" de Olivério e de Olga etc.

Etc...

Este *etc.* é de uma generalidade sintética.

Procurei ouvir as conversas. As conversas têm um ar grande hotel, um ar *Kursaal*. Sabe você os *halls* dos hotéis na Suíça ou em Veneza, em que os clientes falam de todas as coisas menos da Suíça e de Veneza? Acontece o mesmo cá.

A conversa é sempre a respeito de Paris, do parlamento vienense, das damas da corte de Inglaterra, de Madame Paquin, do sapateiro Meyer, da paisagem europeia, da guerra europeia, do teatro europeu. Ainda não está em moda o esnobismo patriótico. De vez em quando os paulistas falam de São Paulo, como de um Potosí fenomenal de que eles fossem os proprietários e os descobridores. O Antero passa logo a paulista. Severo toma o seu grande aspecto de único detentor dos segredos da história brasileira.

— O café, sim... A corrente imigratória... Uma vez Manuel mandou-me chamar...

— Que Manuel?

— Campos Sales, meu caro...

As senhoras olham gulosamente Severo. E o passeio continua com Viena, Réjane, Clemenceau, o Marquês de Soveral, o Príncipe D. Luís, as pérolas do Fontana, por assunto.

Ao voltarmos, preparei-me à pressa para gozar tão interessante sociedade no almoço. A comida é o envenenamento. Os criados estão derreados. Mas cada um dos elegantes mantém a linha. Aparecem todos impecáveis. Almocei na mesa fronteira à da Marquesa da Luz, com Antero, Gomide e Flávio. Discutimos o ensopado de carneiro do Cecil Hotel de Londres, os colarinhos do Tramllet, a casa de Eduardo Prado e Eça de Queirós, o nosso Ministro Correia, a rainha dos belgas e os últimos três papas, além de algumas pilhérias sobre a vida privada de Sarah Bernhardt, de que todos éramos íntimos — (naturalmente antes de nascer).

Depois subimos todos ao salão que, dando para o teatro e para a roleta do importantíssimo Lord Protector Coronel Arnaldo, se divide propriamente em dois — um sem móveis para as danças, outro com algumas cadeiras e canapés. Aí, enquanto a orquestra toca o tango, *conversazione*. Como você não ignora, todas as meninas de sociedade são hoje excelentes *diseuses*, aprenderam declamação. E quando não recitam, sabem cantar, às vezes sem voz (o que é perfeitamente desnecessário na escola francesa), mas sempre em várias línguas e com magnífica pronúncia.

Sentei-me ao lado dos Sanches Peres, pela razão de não querer comprometer o meu futuro. Tanto o marido como a esposa, vestidos tão bem que o parecem figurinos, falam mecanicamente, um depois do outro, depois de mútua consulta de olhar:

— Dona Margarida tem se dado bem?
Olhar de consulta. Resposta:
— Muito bem.
Complemento do marido:
— Para uma cura de repouso...
Já vê você que nesse tom o casal é de confiança.

Mas o salão não é exclusivo do nosso grupo. De modo que há outros grupos rivais e com inveja daquele em que é pedra angular a formosíssima Sra. Marquesa Justina da Luz, o que não impede que se converse e recite e fale e flerte tal qual no primeiro. Há, porém, um destaque: no grupo Justina da Luz (arranjado pela inteligentíssima Dona Maria de Albuquerque), faz-se arte mundana. Só ele tem esse direito. Menina alguma, recite como a Jane Catulle-Mendès, a Suzanne Desprès ou a Italia Fausta, tem coragem de erguer a voz sem a solicitação de Dona Maria. E o programa de Dona Maria já está feito como os cardápios do jantar: cançonetas de Íris Lessa, que nos impingiu as últimas novidades; versos em francês e em inglês, por Olga da Luz; *songs*, por Miss Wright, enfim, toda a cacetada do estilo. E isso com um tom esmagadoramente superior, fazendo boquinha e tendo *tremolos* na garganta.

— Terás de cor aqueles versos de Sully?...
— Oh! Não, Dona Maria!
— Mas são de uma beleza!
— Grande emoção!

Todos elogiam Sully como se elogiassem os vinte mil contos da menina Olga. Sully vem à cena, é aplaudidíssimo. Depois Miss Wright inebria o auditório, ao passo que os flertes continuam.

Já começava a ter sono, quando a sessão foi suspensa. Para o chá. Detestável, abundante e vorazmente recebido.

Nada para aperitivo, como a literatura mundana.

Os bandos descem, uns aos fundos do hotel; os notáveis ficam no refeitório geral. Depois, pequenos passeios, reflexão do vazio em cadeiras de vime, à beira do hotel.

— Você precisa ir ao teatro.
— Vou hoje.

Subi ao meu departamento, para o qual deseja vir Severo da Gama por ser o menos barulhento (apenas quatro crianças, duas criadas portuguesas, os roncos do Coronel Titino e a tosse do ex-Ministro Altamira). Subi e vesti-me com cuidado. Na minha permanência em Poços eu vira a vida na sua tragédia: os jogadores, o caboclo Joaquim, tia Rita, as pobres mulheres do Éden. Seria possível que a minha sociedade fosse de manequins?

Estou crente que sim. No jantar rápido, as senhoras em grande *toilette*, os homens de peitilho reluzente, ninguém tinha uma ideia. Falamos, por consequência, da Suíça. Só fala da Suíça quem não tem nada dentro da cabeça. É o último recurso. E corremos por um corredor ao Politeama, para não perder a primeira parte do programa, em que se passava no cinema *A filha do circo*. O Politeama é um teatrinho simpático, que arruinaria qualquer empresário sem a colaboração eficiente dos clientes do hotel na roleta e no campista. A plateia é ocupada pela claque e por uns rapazolas da terra, alguns de pés nus. As frisas são destinadas às damas que moram em pensões e ceiam no Éden. Os camarotes têm as famílias. Era sábado, dia do benefício da Stella Dovani, aquela contralto que já foi tão rica há dez anos. Era sábado e estreava um faquir. O teatro estava cheio – gratuitamente. Como empresário teatral, Arnaldo é um fenômeno maior que o caboclo Joaquim.

Durante a passagem da fita, no silêncio respeitoso, refleti na impossibilidade de traçar um limite à estupidez humana. *A filha do circo* é de se pasmar. Depois veio a parte café-cantante e eu verifiquei mais uma vez a força das legendas e dos rótulos. Tanto os rapazolas de Poços na plateia, como as famílias nos camarotes, não têm o hábito de frequentar esses lúgubres lugares denominados cafés-cantantes. Em compensação desconfiam por ouvir dizer que nos cafés-cantantes os espectadores devem estar muito alegres. Então eu assisti a este espetáculo: no palco, umas pobres mulheres cheias de joias e de aborrecimento, guinchando e pulando. Na plateia, uma vozeria em que os guris poço-caldenses repetiam o estribilho de velhas coplas. Nos camarotes, crianças, meninas, rapazes, matronas, rindo como numa quermesse e lançando piadas às atrizes. E só nas frisas, austeras como *ladies* em espetáculo de gala no Teatro Colón de Buenos Aires – as *cocottes*!

— É sempre assim, disse-me Antero. Divertidíssimo.

— Procuro variar o repertório! sentenciou por trás de nós Arnaldo, o grande chefe.

Infelizmente, o final desse espetáculo foi menos divertido. Havia o faquir, um homem magro e pálido, que apareceu embrulhado numa cabaia amarela, fez pequena fala incompreensível e, saindo da cabaia, apareceu nu, apenas com um curto calção. Logo do bastidor surgiu um ser semelhante aos caniços ribeirinhos, que trazia uma verdadeira cutelaria. O faquir, o olho melancólico, apalpou os músculos da face e devagar enterrou por eles um punhal. Com o punhal na bochecha veio até a boca de cena. Ninguém aplaudiu. Desconfiando do agrado, o infeliz fez o singular caniço humano trazer-lhe uma espada, consultou longamente os músculos da perna e enterrou por ali a espada. Um sentimento de opressão mantinha o silêncio da plateia. Então, tristíssimo, o faquir tomou de um facalhão, enquanto o caniço tomava de um martelo e com a lâmina no ventre, mandou martelar. O sangue espirrou.

Ao mesmo tempo, Dona Maria de Albuquerque e a Marquesa Justina ergueram-se. Em todos os camarotes seguiu-se o mesmo movimento de protesto. Os homens estavam indignados. As senhoras sentiam-se mal.

— Depois do jantar!
— Que horror!
— Isso não se faz!
— Mas que bandido!

O coronel Arnaldo, vexadíssimo, dava explicações. Ele não sabia, ele não vira o programa daquele bigorrilha, ele o contratara por bom dinheiro.

— Não lhe damos parabéns! fez Dona Maria.

A multidão elegante saía em bloco para a sala de jogo, onde faziam fé de mentira, alguns impassíveis faróis a sessenta mil-réis por dia. O coronel resistiu à onda. O pretexto virava em vaia colérica.

Então, só nos camarotes com Arnaldo, eu olhei o quadro lúgubre. Nas frisas as damas de vida divertida continuavam sérias diante do digno homem. Da cena, vexado e corrido, o faquir olhava aqueles que recusavam o seu sacrifício – o sacrifício que lhe dava o pão.

— Quanto paga àquele pobre diabo?
— Trinta mil-réis por noite. É um biltre. Vou rescindir o contrato!

Não quis continuar o meu dia mundano. Desci secretamente à rua. A minha cura aqui tem de ser uma cura de piedade, de revolta, uma cura de aperfeiçoamento... A vida! Que fazer, entre o vazio dos elegantes e o dramático horror cotidiano, senão tomar da bomba de dinamite ou enfiar o burel de monge? É forte e insensível a tudo aquele que conserva o equilíbrio diante do espetáculo do destino. Jamais esquecerei num gratuito teatro de ociosos, entre rapazes fúteis atrás de um dote, na ânsia de vender a dignidade para não trabalhar, esse pobre faquir esfaqueando-se para comer, realizando o último esforço para viver sem roubar e sem ser infame... Imbecil ele. Imbecil eu, cuja neurastenia a mim mesmo desvendou a tristeza amarga de existir. Até breve. D'alma

Teodomiro

XXVIII

*De Antero Pedreira a Dona Lúcia Goldschmidt
de Resende – Petrópolis, Rio*

Minha querida amiga

Recebi a sua última carta. "Mande-me notícias! Mande-me notícias!" Estará assim tão interessada pela intriga matrimonial levada a cabo pela excelente Dona Maria de Albuquerque, ou quer notícias gerais acerca das mil e uma pequenas coisas da "grande semana"? Sinto que Dona Lúcia quer saber tudo e principalmente o caso Olga-Olivério. Não?
Pois, para começarmos pelo fim, o caso Olga-Olivério é definitivo.
Olivério mantinha-se imperturbável e elegantíssimo sem pagar a ninguém. De repente, anteontem, Olivério convida-nos para um almoço no Éden, com orquestra, cantoras francesas e os criados de casaca servindo os pratos nas velhas pratas da família Vieira – uma das mais ricas famílias antigas de Minas, cuja história, como convém à verdadeira aristocracia, está cheia de crueldades e assassinatos. A ornamentação floral do salão era um prodígio. Os pratos trabalhados pelo cozinheiro do Amarante Gouveia – que anda por aqui curando o reumatismo. Como realizar festa tão linda? O barbeiro do hotel deu-me indiretamente a explicação:

— Sabe Vossa Excelência quando parte o ministro das Filipinas?

— D. Pablo?

— Esse mesmo.

— Ignoro.

— É um homem que deve a todos.

— Há outros...

— Que quando têm, sabem ser lordes. Por exemplo, o Sr. Olivério. Esse não tinha, e apesar da grande simpatia que me inspirara, já começava a ter receio. Pois bem. Devia-me trezentos e pico mil-réis e deu-me uma nota de quinhentos sem pedir troco. Aquilo é homem distinto! E com um pai mais rico talvez que a menina Olga...

Vê a Dona Lúcia a história. Olivério participou ao senador seu pai o casamento e obteve, decerto, uma grande soma desse inesgotável velho – para fazer bonito. Está vertiginosamente fazendo bonito. As gorjetas aos criados deviam ter sido tão escandalosas que esses criados chegam a ser escandalosos ao servi-lo. Quando no Brasil um criado de hotel é sensível à gorjeta – a gorjeta deve ser alucinante.

Com tais processos, desde a sala de banho até às estrebarias – a criadagem venera o famoso Olivério. Como ontem ele perdeu um conto à roleta – a gente do jogo faz-lhe mesuras. E a sociedade do hotel aclama-o, salvo um grupo de meninotes paulistas, cheios de despeito.

Ainda agora venho de deixar Olivério. Acabava de receber uma carta, que o portador disse ser um recado urgente. Olivério abriu, leu, e caindo numa cadeira de vime, indagou:

— Criança, sabes tu o que é o amor?

— Ninguém sabe.

— Uma terrível cacetada!

— Você, noivo da Olga, a dizer isso!

— Será ela bastante inteligente para ser tolerável?

— Pelo amor de Deus, basta de *pose*!... Essa exigência de inteligência!... Creio que não tens tido sempre sábias por amantes. O teu *crampon* mesmo, a Pura – é estupidíssimo.

— Nisso é que é necessário diferença para a beleza da vida. A esposa deve ser inteligentíssima sempre. As amantes pouco importa. *Ça ne compte pas*... Para que o amor não fosse uma cacetada seria preciso que as esposas fossem a tal ponto inteligentes que deixassem o ciúme para diversão das amantes estúpidas... Depois dessa impertinência, subiu ao quarto. Tendo a certeza de que ensaiou sobre mim a teoria com que vai espantar logo mais Olga da Luz e a marquesa Justina.

Casará mesmo Olivério Gomes? Acho-o quase incasável...

Quem já fez o pedido foi o Flávio de Mendonça ao velho Lessa. Está a Íris noiva pela quarta ou quinta vez. É espantoso o que essa rapariga realiza no gênero sedução. Como a senhora não ignora, Íris chegou a Poços para esquecer a ruptura de um próximo enlace. No dia seguinte estava fazendo parte da escola de Miss Wright e desde que o Flávio chegou para disputar o dote de Olga tomou a praça. Agora, andam sempre juntas, fazem um *tour* pelas ruas após o jantar. Outro dia encontrei-a na atitude da Theda Bara quando dá beijos. Terá o Flávio coragem de desmanchar também o casamento?

Dona Maria de Albuquerque, cuja experiência da vida não está por fazer, dizia-me ontem:

— Antero, não tenha a vulgaridade de censurar Irisete. No fundo, ela é pura.

— Bem no fundo.

— O fundo é o essencial, porque o resto é aparência. Essas atitudes emprestadas dos cinemas, esse frasear um pouco lesto, não passam de leviandades. Quase todas as meninas, cujos modos alarmam em solteiras, quando casam são excelentes mães de família, incapazes de amar senão ao marido. Flávio vai ter a sorte de uma esposa fiel.

Acha Dona Lúcia que é assim?

Como novidades a mais de pessoas nossas conhecidas, nada. Não sei se lhe falei do ex-Ministro Altamira e de um coronel barulhento chamado Titino. O acontecimento da roleta é que Altamira ganhou vinte contos e o coronel já perde quarenta no campista bancado por um rapaz chamado Antônio Bastos.

Isso não interessa. Nem a Dona Lúcia nem ao seu, com infinita saudade

Antero

XXIX

De José Bento, secretário dos Oleps, a Justiniano Marques – Pensão Bucareste, São Paulo

Justino

Não venhas com a pilhéria de que não recebes cartas minhas. Tenho escrito umas poucas e deitando estilo até, a ver se, quando voltar, entro para a imprensa, onde há asnos muito mais asnos do que eu. Ainda não segui, ainda não estou em São Paulo, trabalhando na nossa revista, com que o Juca Bemol fará a estreia da nova companhia luso-brasileira – só porque tudo aqui desandou. O coronel, que a princípio não queria o Miranda, desfez o contrato dos Oleps, quando o Miranda partiu. O tal Titino, que eu suportara com pachorra nas ciumeiras dos amores da Ivete com o Miranda – é um refinado malandro mal-agradecido. Perde na roleta e com a Ivete. Mas negou-se a ajudar-me num pequeno auxílio.

Parece impossível, hein? Este país está perdido. Não há mais nem coronéis da roça mordíveis!

Eu e os Oleps estaríamos desgraçados, se não fosse o bom coração de Antônio Bastos – aquele jogador sócio do Clube dos Mirabolantes. Antônio Bastos tem muita instrução e troça de tudo. Veio aqui para dar o tombo no Arnaldo. Mas a coisa não lhe cheirou e de repente, apareceu bancando campista no

Gibimba. O Arnaldo morde-se de raiva, oferece jantares ao Bastos, mas Bastos é o homem do dia. Continua no Gibimba, está a ganhar mais de sessenta contos e é um pai da vida – dando dinheiro a várias mulheres e a quantos lhe pedem. Foi Bastos que nos arranjou contrato para o Gibimba, o cabaré rival do Éden.

Esse Gibimba é que dava um quadro para a nossa revista. Imagina uma casa térrea, de esquina, com quase cem metros de comprimento. Na primeira parte, bacarás e roletas; seguem-se o botequim, depois o café-cantante, depois o restaurante, tudo isso sem separação – porque só há muro e porta para a última parte do edifício, em que têm aposentos as figuras femininas. Jogo, bebedeira, cantos, danças, comedoria e amor. Não falta nada no mesmo andar...

O espantoso é o número de artistas que o Gibimba manda vir. Ainda pelo trem desta tarde vieram nada menos de cinco: a Suzanne d'Astorg, a Mery d'Utra, a Lolô Tantan, a Florinda Caxambu e uma andaluza maluca e bonita de nome Pura, que dizem ser amante de um diplomata hospedado no Grande Hotel. E o movimento dá para tudo! Também é a mistura mais completa de que há memória: dançam, comem, jogam etc., os *chauffeurs* e os deputados, os roleteiros gatunos do interior e os moços milionários de São Paulo, as mulheres mais sem vestidos e as mulheres mais cheias de joias. O quadro seria de efeito para a revista, mas muito dispendioso. Quanto a anedotas, apanhei várias. Para concluir, mando-te uma: – o Coronel Titino tem a mania de ser caçador e há muito tempo era possuidor de um papagaio, que fugiu, quebrando a corrente. O mês passado, Titino caçava, quando deu num bando de papagaios. Tomou da espingarda, fez mira. Todos os papagaios fugiram. Só um ficou, olhando Titino do alto de uma árvore. Titino ia atirar, quando ouviu o papagaio:

— Que é isso, Titino? Você quer me matar? Se é por causa do tiquinho de corrente que eu trouxe no pé, está aí, pode levar.

Engraçado, não? E até a próxima semana.

Bento

P.S. Esquecia-me dizer que o Miranda, vindo de São Paulo, está *cabaretier* do Gibimba. Explicamo-nos. É muito bom rapaz e só nos tem auxiliado. Como sempre, levado da breca. Conquista quantas quer. Agora enlouqueceu uma caipirinha, cujo marido é boiadeiro. Também com aquele físico!

XXX

De Pura Villar ao Sr. Dr. Olivério Gomes –
Grande Hotel – Nesta – Urgente

Grande Restaurante Gibimba
Querido. Llegué. Aquí estoy ansiosa. Se tienes una otra, me mataré. Por el corazón

Pura

XXXI

De Teodomiro Pacheco a Godofredo
de Alencar — Jockey Club, Rio

As minhas cartas têm tido sempre uma nota amarga. Ao escrevê-las penso no teu sorriso cético, e nesse ar displicente, que sempre te acompanha. Vês, entretanto, os progressos da minha cura, e imaginas, decerto, o meu esforço para arranjar comentário a fatos imprevistos. Nada disso. Ante o meu olhar os acontecimentos amontoam-se. Agora mesmo, às dez da noite, escrevo, não tendo dormido desde anteontem.

É o caso que estava no Éden a ver de trás de uma porta a lista telefônica das cinquenta e quatro pensões femininas de Caldas durante a grande semana. A campainha retine e sou eu a ser chamado ao aparelho por aquele grande pândego do Olivério Gomes. O pobre rapaz, prestes a casar com Olga da Luz, estava a braços com a Pura Villar, que de repente chegara mais andaluza, mais teimosa e ainda mais estúpida. Foi ao encontro do desgraçado. E passamos a noite numa destas farras embrutecedoras, a convencer Pura, isto é, a querer que se operasse no crânio dessa espanhola o milagre que aconteceu ao Padre Antônio Vieira.

Foi impossível. Mas, como depois de uma certa hora é-me vedado dormir, tive de aturar a palestra sensaborona do Antero,

tomar um banho pela madrugada e entrar no barbeiro às seis horas, para fazer alguma coisa. O barbeiro recusou-me a cadeira.
— Tenho de ir à estação.
— Parte algum amigo seu?
— É hoje que foge D. Pablo Urtigas.
— O ministro das Filipinas?
— E mais aquela dama. Com o dono do hotel, ele arranjou as coisas assinando um documento para pagar quando chegar ao Rio. Mas pediu segredo. E deve aos criados, ao alugador de cavalos, a mim, a toda gente, apesar de tomar champanhe todos os dias.
— E vocês?
— Vamos à estação, pedir o nosso dinheiro.

O quadro anunciava-se interessante. Conversei com o barbeiro acerca das ilusões da sociedade. Ele deu-me detalhes sobre os amores do hotel fora do hotel, chorou o desastre de Olivério (é incrível a simpatia que todos têm pelo Olivério) e acabamos seguindo juntos para a estação. A manhã era radiosa. Na estação estavam um alfaiate italiano, uma preta lavadeira, um cocheiro austríaco, um criado lusitano, vários tipos zangados.

O comboio lá estava limpo e só a uma das janelas de um vagão, no resto fechado, com a sua cara de vendedor de gaiolas e a sua máquina fotográfica, o Sr. Nogueira, amável fotógrafo da grande semana. Pouco depois começaram a chegar os carros com os que partiam: a numerosa família Araújo Silva, os impecáveis Sanches, outros de outros hotéis. Só não apareciam D. Pablo e a Aretusa. Ouviu-se o primeiro sinal de partida. Azáfama. Abraços. Surgiu, com cara de sono, esse homem de ferro que é o coronel Arnaldo, grande chefe da jogatina, que vinha trazer a honra dos seus cumprimentos ao Araújo Silva e família. Apareceram os repórteres das três folhas locais, publicações semanais e em mútua luta, principalmente religiosa. E nada de D. Pablo e de Aretusa. Teria sido rebate falso?

Nisso, o Sr. Nogueira sai da sua janela, abre outra mais adiante, no mesmo vagão, e o barbeiro vê no vagão fechado D. Pablo e Dona Aretusa.

— Lá estão eles!
— O nosso dinheiro!
— Veranista de carona!
— Pague o que deve!

O ministro ergueu-se. Aretusa pulou como uma fera. E ambos gritaram, não para os credores, mas para o solene Sr. Nogueira:

— Quem mandou abrir a janela?
— Eu?
— Perverso!
— Perdão!
— O senhor sabe o que vale um ministro?

A gritaria era colossal. O fotógrafo amador debatia-se contra Aretusa.

— Estou no meu país! Não tenho que dar satisfações!

Enquanto D. Pablo, de dentro do vagão, vociferava:

— Calma! Hei de mandar pagar tudo, ao chegar a São Paulo. A polícia! Onde está a polícia?

E, no momento em que a lavadeira lembrou de invadir o comboio, o trem largou, sob a estrondosa vaia que em vão o Coronel Arnaldo tentava conter em nome da hospitalidade de Poços.

Voltamos da estação como de um *meeting* de 1º de maio. A cólera deformava o semblante dos pobres coitados a quem D. Pablo esquecera de pagar. E eu não podia deixar de pensar nessa boêmia em torno do dinheiro de que o Olivério fora um exemplo e D. Pablo era outro.

Assim passamos o dia. Um sopro de agitação enchia o hotel. As notícias do escândalo da noite e do escândalo da manhã entrelaçavam-se no mesmo comentário. À hora do almoço encontrei os jovens Fontoura e Gomide radiantes. A família Luz não viera à mesa e Dona Maria de Albuquerque saiu de automóvel, ao meio-dia, só, de vestido preto — como quem vai à confissão.

Receando dormir durante o dia, fui até a roleta do Hotel da Empresa. Estava desoladora. Só o velho, que da primeira vez me parecera a estátua do Protesto, jogava. Afinal, decidira-se. Até ele! Força da corrupção! Jogava e ganhava tanto, que os *croupiers* indignados encerraram a sessão. Voltei ao hotel. Era a hora da chegada do trem. Desanuviado, com muitos quartos vazios, o jovem gerente Pedrinho esperava os novos clientes, que iriam renovar, dentro daquelas paredes, a eterna comédia humana. E, de repente, saltam de uma caleche uma senhora forte e uma senhora magra. Saltam em furacão. E a primeira senhora brada:

— Isso é procedimento que o senhor tenha comigo?
— É? guinchou a segunda, com as veias do pescoço cheias. Pedrinho recuou, pálido.
— Então não se responde? cacarejou a magra.
— Eu respondi... eu respondi...
— Não minta!
— Não minta!

Era a Generala Alvear, com a sua gentil filha. Os clientes apareciam, alguns tendo a glória das relações da generala. A generala explicava:

— Há um mês, em São Paulo, à espera de resposta, sem poder subir.
— Mas, por que Vossa Excelência não subiu?
— Não respondeu!
— Eu provo a Vossa Excelência como respondi. Os quartos de Vossa Excelência estão há quinze dias esperando, por conta de Vossa Excelência.
— Não pago!
— Não pagamos!
— Vossa Excelência pode subir...

Como uma tromba, a generala subiu. Como uma seca

folha, a filha da generala seguiu a senhora sua mãe.
O criado voltou-se para Pedrinho:
— Que quartos?
— Aqueles de que saíram hoje D. Pablo e Dona Aretusa...
Assim, a Empresa teria menos prejuízo...
Mas, dentro de um carro estava, à porta do hotel, uma senhora linda, acompanhada de uma dama de companhia. A senhoria sorria. Aproximei-me.
— O senhor poderia dar-me uma informação: o casal Sanches?
— Partiu hoje!
— Que pena! Só hoje soube que estavam cá. Margarida Sanches é minha amiga. Mas, como habito o sanatório e vim a convalescer, só hoje soube por carta...
— Mas Poços é pequeno.
— É que este é o meu primeiro passeio, para partir quinta-feira. Eu sou Madame Graça.
— Para servi-la, Teodomiro Pacheco.
— Conheço muito o seu nome. Agradecida. Ainda nos veremos, decerto?
— Vossa Excelência permite que a vá cumprimentar?
— Mas com prazer...
E eu estou aqui a escrever estas linhas pensando na doçura de Madame Graça – que não viu Poços e não teve aqui um romance, sendo tão linda...
Decididamente, estou bem da neurastenia. Do coração

Teodomiro

XXXII

De Íris Lessa a Baby Torresão –
Estrada Nova da Tijuca, Rio

Baby
Sei que não estás impressionada com a falta de cartas. Na grande semana de Caldas não há tempo para escrever. Este bilhete é só para te informar da nossa próxima partida. Imagina tu que, após vinte e um dias de banhos, o reumatismo de papai passou do braço esquerdo para o braço direito! Ele, que afirma sempre ser o nosso braço direito, está desesperado. Assim, partimos dentro de quatro dias.
Dou-te uma novidade que vai fazer um grande sucesso: estou noiva do Flávio Mendonça. Ele teve sempre um certo *béguin* por mim e aqui declarou-se. Não gosto, nem desgosto dele. Veste bem e parece tentado. Mas, ao aceitar o seu pedido, só do palerma, do outro, é que me lembrava. Que ferro vai ter! Esses homens são todos uns egoístas e uns perversos, segundo a opinião de Gladys Wright. O melhor é a gente defender-se de paixões, não achas? O casamento vem como uma libertação e muitas vezes atrapalha. Em todo o caso, estou contente. Foi uma estação cheia. Pintei o sete. Cheguei a montar como homem, segundo o moderno molde francês. Tenho mil coisas a contar-te! Não calculas como esta água tira a gordura do rosto e a poeira das mãos. E como ficamos elétricas. Ao chegar aí hei de ensinar-te a *dança das trincheiras*. É de primeira ordem e

escandaliza mesmo Dona Maria de Albuquerque, esquecida de que é muito reparado no hotel o seu flerte com o Pedrinho, gerente-Pedrinho, minha filha, que é um rapagão e tanto... Muitas saudades da

Íris

XXXIII

De Antero Pedreira à Excelentíssima Sra. Dona Lúcia Goldschmidt de Resende – Petrópolis

Minha querida amiga
Bem razão tinha aquele filósofo que considerava a vida um romance. Não tenho vocação para me entregar a esse gênero de matar o tempo. Mas o que lhe escrevo hoje seria um capítulo de romance, em que se desenha a figura de um moderno rapaz, se me ajudasse a prática de escrever para ser lido pelo público e agredido pelos literatos sem fama. Ontem enviava-lhe uma carta contando as impertinências paradoxais do Olivério. Era antes do jantar. Quando entrei no refeitório, Olivério não estava à mesa da marquesa Justina da Luz. As senhoras não tinham a menor inquietação aparente. Mas, ao cumprimentar a mesa a que se sentam os jovens Fontoura e Gomide, recebi uma nova derrubadora.
— Imagine você quem encontrei na *gare*? fez Gomide.
— O xá da Pérsia.
— Não; a Pura.
— Que Pura?
— A amante do Olivério.
— Aquela ciumenta que o atormenta há dois anos! informou Fontoura, rindo.

— O que se pode chamar um contratempo!

— E um escândalo em perspectiva! gargalhou Gomide, radiante. Pobre rapaz!

— A não ser que fosse ele próprio a mandar buscar a Pura.

— É muito capaz.

Sentei-me aturdido à grande mesa. O comedouro estava cheio. Eu não via ninguém, a não ser Dona Maria de Albuquerque, que me olhou uma vez só, e estabeleceu logo uma conversa cheia de graça. Passamos, assim, a sopa e um peixe sulfúrico. Ao fim do peixe, a custo contive uma exclamação satisfeita. Vinha para a nossa mesa Olivério Gomes, apenas um pouco pálido.

— Não os desejava incomodar, mas, para explicar a minha incorreção, tenho que lhes comunicar um fato menos agradável. Antes do jantar, recebi este despacho, informando-me da doença de meu pai. Tive de ir ao telégrafo convencer o telegrafista de que preciso telegrafar ainda hoje. *Ça me coupe l'appétit.* Não deve ser coisa de cuidado. Em todo o caso, tenho por meu pai tal estima, que não me contenho.

Ao lado de Dona Maria, que tinha o telegrama aberto, li esse papel verde e olhei Olivério. O telegrama era um truque! A carta que ele recebera, quando conversava comigo, era de Pura! Mas, por que, em vez de um despacho definitivo: "Venha já", por exemplo, apenas a notícia da doença?

— Muito desagradável.

— Não há de ser nada.

— Espero bem.

— Em todo o caso, fez Dona Maria, de um momento para outro você pode partir.

— Justamente, espero a resposta, para tomar uma decisão.

Na outra mesa, Fontoura e Gomide olhavam encantados. Pareceu-me que outras mesas olhavam também. Era evidente que Olga, nessa mesma noite, saberia. E o jantar continuou morno, com um ar de necrológio, porque Severo da Gama deu para contar o começo da República e o papel do Senador Gomes como discípulo de Benjamim Constant.

Ao sairmos da mesa, com grande delicadeza, Olga pretextou dor de cabeça, para recolher-se. Mademoiselle Hoberau acompanhou-a. Olivério foi levá-las com a Dona Maria. Nós ficamos em torno da Marquesa Justina. Depois Olivério reapareceu.

— Este meu pai! Não é que eu gosto mesmo da família! Quer você vir comigo ao telégrafo, Antero?

Saímos. Na sombra da noite, atravessando a ponte, em frente ao mercado, eu estaquei.

— Já sei de tudo! A Pura está aí.

Olivério deu de ombros.

— Mas, como foi isso? indaguei brasileiramente. Sabes por que veio? Não desconfias de ninguém?

— Caro Antero, a Pura chegou. Não preciso saber a origem da sua chegada, porque é necessário realizar-lhe a saída. Não por mim. Mas, por tanta gente que me mostra interesse.

— Olga vai saber.

— Por mim. É um capítulo de sinceridade. Apenas o impossível será manter essa insuportável andaluza... Antero! Quando as senhoras evitam um rapaz estroina não imaginam muita vez o desespero desse rapaz, amarrado ao tronco da teimosia de uma destas andaluzas! O mundo está errado. Absolutamente todo errado.

— Não é possível convencer Pura?

— Burríssima, sem remédio!

— E que vamos fazer?

— Vamos cear ao Gibimba! Espero-o depois de meia-noite.

Continuou num passo calmo, pelo outro lado do rio. Voltei ao hotel, onde encontrei Dona Maria perfeitamente calma, Dona Justina formosíssima, Gladys Wright zangada, e Íris, que ria com o Flávio, o Fontoura, o Gomide, enquanto as outras meninas dançavam o tango.

— Que estão vocês a dizer?

— Que casamento e mortalha, o céu talha...

Era inevitável. Olga saberia, pela Íris, logo pela manhã, se não soubesse à noite mesmo, o caso do Olivério! Diante do Destino, que fazer? Conversei até onze horas com esse grupo, falei mal do Olivério, e só apareci no lugar que ele me marcara tarde. Poupo-lhe a descrição desse antro, cujo nome diz assaz. Mas, certo da sua superior inteligência, não me furto a descrever-lhe Olivério, como sempre o conhecemos. Esse jovem dirigia uma grande mesa, em que estavam Teodomiro, um jogador sensacional, porque ganha muito dinheiro, o Dr. Antônio Bastos, e a tal Pura. Publicamente, e entre gente tão misturada, Olivério embriagava-se. Só deixava o champanhe pela roleta. Ganhava. Ganhava. Tinha em todos os bolsos dinheiro. De vez em quando dava um maço de notas a Pura, uma espanhola magra e de olheiras.

— Escravo! gritava ele. Mais champanhe.

Quando me viu, disse, imperturbável:

— Aqui tens Pura, a teimosa. Prefere o meu amor, sem níquel, ao meu amor rico.

Era alucinante. Não poderia haver mais esperança. E, entretanto, notei que tanto o neurastênico Teodomiro como o Antônio Bastos, se interessavam por Olivério – o primeiro, por esporte, o segundo, impressionado também, em parte, pela espanhola.

— O senhor é dos que querem casar? indagou a andaluza, de uma vez em que Olivério corria a roleta.

— Já sabe?

— Disse-me tudo, mas prefere-me à fortuna.

— Eu não quero casar ninguém. Acho apenas uma estupidez, tanto dele, como sua.

— Minha?

— Que tem o casamento quando traz a fortuna?

— É o que eu digo, sentenciou Teodomiro. Depois é o que se vê nas peças francesas.

— Claro! fez o jogador.
— Não quero! Não quero! Amo-o!
— Isso é apenas com vocês dois.
— Amanhã passeia de charrete comigo, ou eu vou ao hotel. Dois anos de sacrifício!
— Que você não quer trocar por uma vida de opulência. Faz muito bem.

Minha ilustre amiga! Tenho a certeza de que teria pena da vida, se visse aquele quadro e visse Olivério, que acabou dançando o tango com a terrível Pura. São tão para lamentar esses gestos em ligações desiguais...

Passamos a noite assim, velando o cadáver da esperança de Olivério. Às três horas da manhã ele lembrou-se de aproveitar um resto de luar, e demos um passeio de automóvel. Atravessamos as ruas de Poços, gritando e cantando, como fazem no Rio os rapazes. Pura (pelo hábito), cantou no automóvel. Como é possível correr de automóvel às três horas da madrugada, sem cantar? Deixei o par às quatro da manhã com pena de ambos e fiquei quase duas horas com Teodomiro a filosofar.

Foi-me impossível dormir. A manhã era deliciosa. Voltei ao hotel apenas para mudar de fato e ir dar um passeio a cavalo. Aí tive um certo espanto, quando me preparava para sair. Olivério aparecia em traje de montaria.

— Aqui?
— Mandei convidar Mademoiselle Olga para um passeio a cavalo.
— Hein?
— Vou dizer-lhe tudo e partir amanhã.
— Você é louco.
— Creio na fatalidade.

Montei e parti só. Esta é a minha última carta de Poços. Devo embarcar depois de amanhã. Não queria que ela fosse melancólica. A estação esteve divertida. Mas, o desastre de Olivério põe um pouco de tristeza em tudo isso – porque amarga Olga, amarga Olivério e não faz a felicidade de ninguém. Ainda apanharei os últimos dias de Petrópolis. Até breve. E perdoe, se por nervosismo lhe conto esse episódio. As senhoras fazem sempre uma ideia tão diversa do amor livre, que não resisti à tentação de contar-lhe, embora mal, o desastre e as prisões desse gênero de amor. Beijo-lhe as mãos com profunda estima!

Antero

XXXIV

De Olga da Luz a Guiomar Pereira –
Avenida Paulista, São Paulo

Gui

São onze horas da noite. Esta é a última carta que te escrevo de Poços, onde não demoraremos mais dois dias. Escrevo porque sufoco, porque preciso expandir a minha dor, a minha revolta, a minha fadiga, o desequilíbrio de todos os meus sentidos. Sabes como sou calma. Como tenho sido calma, apesar da riqueza ter me criado um irrespirável ambiente de ambição, de mentira. Podes avaliar o quanto é preciso para ficar assim, sem forças, desesperada.

Na minha última carta falei-te de Olivério Gomes. Apesar de ser quase solicitado a declarar-se, com a simpatia até de Mademoiselle Hobereau, a sua alegria, o seu grande ar diminuíram após a declaração oficial. Dia a dia. De modo assustador. Num passeio que fizemos há algumas manhãs, não me contive.

— Dir-se-ia, Olivério, que você casa comigo à força.

— Não. Não a quero magoar dizendo mesmo que caso à força com os seus milhões. O que me faz triste, ou antes, preocupado, é a opinião que você possa formar a meu respeito. Curioso! Eu que nunca me preocupei com a opinião alheia! Mas o meu casamento traz despeitos, ódios, calúnias. Não lhe trará desconfianças? Casamento é mais sério do que loteria. Prometa-me, porém, uma coisa: antes do pedido de meu pai, mesmo depois, se desejar, se pensar de modo contrário, mande-me uma palavra, telefone-me.

Não me pude conter.

— Telefonar?

— Nós somos tão modernos... Eu desaparecerei logo. Só pedindo uma coisa: que você acredite na sincera, na profunda, eleição afetiva do meu coração pelo seu espírito, pelo seu coração, pela sua graça. Sou um estouvado? Não digo que seja puro. Longe disso... Mas só uma criatura poderia fazer casar: você...

Como ele tinha razão! O que me diziam dele e o que me escreveram de São Paulo, da Prata, de outros lugares, em cartas anônimas, dizendo até que ele comprara Mademoiselle Hobereau para lhe ser simpática, oferecendo-lhe cem contos! Bandido, imoral, dissoluto, sem vintém... E cavilosamente sempre o mesmo nome de mulher: uma tal Pura, espanhola...

Nós conhecemos a vida, nós que viajamos. Os anônimos poderiam atirar-lhe a pedra? Qual o rapaz solteiro que não encontra na vida um embaraço feminino? Mamã, que se lembra do que fazia meu pai, mesmo depois de casado, deu-me o conselho de não ler as cartas. Mademoiselle estava indignada. Dona Maria de Albuquerque sorria.

— Olga, precisas quanto antes casar. Esses candidatos à fortuna são terríveis. Por pior marido que arranjes, com separação de bens no contrato – estás, pelo menos, livre de tantos aborrecimentos.

Tinha razão Dona Maria. Mas eu esperava deixar Poços sem outros acontecimentos, quando ontem, antes de jantar, encontrei no meu quarto, por baixo da porta, uma carta à máquina, com esta notícia: "Chegou Pura." Meu Deus! Seria possível que essa criatura viesse tomar o meu quase noivo? Seria possível que Olivério cedesse, ficasse na mesma cidade d'águas assim? Desci ao jantar, agoniada, tendo que disfarçar – porque vi no olhar de todos os hóspedes que todos sabiam e sorriam, prelibando uma vingança contra mim – contra mim que nunca fiz mal a ninguém! Como é cruel a vida! Como são inutilmente maus os homens! E o meu choque foi ainda maior porque ele não estava, porque ele não aparecia, naturalmente preso pela outra criatura... Só ao meio do jantar apareceu – mas outro Olivério, Olivério igual aos homens comuns, mentindo, com um telegrama falso, noticiando a doença do pai. Que perspectiva para o casamento! Tive vontade de erguer-me, dizer-lhe que sabia de tudo. A educação permitiu apenas que eu tivesse uma dor de cabeça. Mamãe compreendeu. Dona Maria também. Só ele pareceu satisfeito, porque poderia ter a noite livre, a noite para a miserável criatura a que parecia me preferir. E passei pela primeira vez uma noite em claro, rolando na cama, tendo a necessidade de ter os olhos abertos, como se assim pudesse resolver melhor a situação.

Gui! Minha querida Gui! Não desejo a ninguém essa minha noite, por causa de um homem que me era indiferente há vinte dias, que eu não imaginava senão dominar e que, entretanto, alucinadamente eu esperava ouvir bater à porta do meu quarto, em pranto, pedindo-me perdão.

Quando, pela manhã, antes das sete, recebi um convite dele, para um passeio a cavalo, aceitei logo, vesti-me tão depressa, que tive de explicar já estar meio vestida para que ele não sorrisse da minha precipitação. Ele estava, porém, pálido e sério. Galopamos assim a caminho do Posto Zootécnico. E aí, antes que eu lhe dissesse uma palavra, Olivério falou:

— Devo-lhe uma explicação. Dura, desagradável. Que se há de fazer? Não me dirijo ao seu coração; não me dirijo à sua complacência; quero falar apenas à sua inteligência. Menti-lhe ontem. Menti-lhe idiotamente, parvamente, para lhe poupar uma contrariedade. Não pensei em mim, pensei na senhora. Aquele telegrama é falso. Meu pai passa perfeitamente de saúde.

Eu disse baixo:

— Eu sabia...

Ele olhou-me:

— As únicas mentiras em que ainda acreditamos são as verdades. Devia ter-me julgado idiota.

— Achei que se rebaixava.

— Foi por pouco tempo, felizmente, porque devia ter compreendido ser-me materialmente impossível falar-lhe no momento ou esperar ocasião sob a premência de uma subitânea entrada, que, dando prazer a alguns hóspedes, de certo a humilharia... Houve um longo, penoso silêncio. Depois Olivério continuou com dificuldade:

— Por cansaço, por aborrecimento, para não ter maiores dissabores, eu arrasto há dois anos um caso que não era bem um caso porque só me fazia mal a mim. Quando uma mulher teima, o melhor é esperar que ela se fatigue de teimar. Nenhuma afinidade jamais nos ligou. A maior parte desses dois anos posso dizer que passamos separados. Ela estava em Paris, esperneando no Monico. Diverti-me oito dias. Tornei a encontrá-la no Jardim de Verão da horrível Berlim. Em Buenos Aires ela encasquetou-se de que eu era importante porque só em Buenos Aires – uma aldeia grande! – veio a saber que eu era secretário de legação. Aí já tinha nevralgias ao vê-la. Por isso mesmo ela teimou. Veio para o Rio, quando soube que há um ano eu viera tratar da minha promoção. Basta dizer, para mostrar o calor desse caso, que a deixei dançando no Apolo de São Paulo e vim para Poços, resolvido a seguir para o meu posto sem lhe comunicar a partida.

— Não quero culpar ninguém. É inferior. Mas evidentemente houve interessados que organizaram um complô e fizeram vir a rapariga cheia de vaidade, com o fim de fazê-la a você livre de qualquer compromisso.

— A situação é esta.

— A criatura está aí, imaginando que tem direitos e querendo fazer cenas. Pode ser que parta só. Se não partir sigo eu com ela, aproveitando o pretexto da doença de meu pai, deixo-a em São Paulo e parto para sempre, sem embaraço algum. Mas, de qualquer forma, peço Olga que considere o meu pedido como não feito e que continue a pensar bem do seu camarada, que pode ser estouvado mas sincero sempre, e nunca na sua vida sentiu o que sentiu pela senhora.

— É horrível o que o senhor me diz.

— Procedo assim para que aos olhos dessa sociedade frívola a nossa curta aproximação não pareça mais do que um começo de flerte entre uma menina com juízo e um rapaz sem juízo algum. Quer tomar um copo de leite?

Aquela frieza, aquele raciocínio, aquela terrível lógica! Recusei o leite com um gesto. Voltamos aos cavalos. Mas, quando ele pegou na minha mão para ajudar-me a montar, olhei-lhe o rosto. Dos seus olhos as lágrimas corriam.

— Olivério! Olivério!

— E dizer que se você não tivesse dinheiro não teria havido nada disto. Infames...

— Olivério! Eu não sei o que diga.

— Adeus!

Eu estava na sela. Os seus lábios roçavam as minhas mãos. Chorava. Ele chorava, e em soluços:

— Faça, ao menos, um bom juízo de Olivério. Perdendo-a, Olga, é como se tornasse a perder minha mãe.

Depois, bruscamente, tirou-se de mim, montou de um pulo e partiu a galope.

Que inteireza de caráter! Que homem! Nenhum desses inúmeros pretendentes tivera um gesto de desprendimento, de sacrifício assim. Nenhum me amara assim, por mim, só por mim. Deu-me uma aflição como se agonizasse alguém a que eu quisesse muito bem. Galopei também para o hotel, sem saber o que fazer, só com a ideia da partida, de deixar Poços, de não ver mais os Fábio, os Gomide, os Fontoura, os Severo, os Antero.

Fechei-me no quarto. Mamãe fora a uma fazenda do proprietário do hotel. Só Mademoiselle estava a meu lado, morna e triste. Contei-lhe tudo. Ela só disse:

— É um homem digno.

E repetia. Repetiu a frase várias vezes.

— Mas que me aconselha?

— Faça o que seu coração mandar.

À tarde, à hora do chá, apareceu Dona Maria:

— Que é isso? Triste?

— A tragédia da princesa dos dólares! Já não caso.

— Hein?

— Creio que a senhora sabe de tudo.

— Não.

— O Olivério, essa mulher que chegou...

— Isso não tem importância alguma. Sei bem que arranjaram uma intriga para que os milhões de seu pai não saiam de São Paulo. Mas uma intriga imbecil, contando principalmente com o estouvamento de Olivério, cuja mania, pobre rapaz! parece ser: vê-la sem dinheiro para amá-la sem preocupação.

— Dona Maria...

— Você sabe bem, minha filha, que não me imiscuo na vida dos outros. A estupidez pretensiosa irrita-me, porém. Esses rapazes que escrevem cartas anônimas e fazem de Maquiavel são irritantes. Que disse Olivério?

— Foi nobre. Contou-me tudo e partiu... chorando.

— Patetas, tanto você como ele. Estou a ver que em Poços só é inteligente a Fonte Pedro Botelho.

— Mas, Dona Maria...

— Digo-lhe que você sente demais e que Olivério quer representar à força o *moço pobre*. Ainda agora venho de palestrar com o impagável Teodomiro. Passou a noite com a tal criatura. E contou-me o caso como ele é – ela parte amanhã com aquele jogador que ganha sempre: o Antônio Bastos! Imagine você a tolice geral.

— Então, Olivério não quer casar comigo!
— Deu-lhe para o escrúpulo desde que ama. Exageros...
— Meu Deus!
— Enfim, não me meto nisso. Façam o que entenderem.
— Ele parte amanhã também.
— Se você for tola. Mas deixemos o capítulo disparate. Sabe quem acaba de chegar, fazendo um terrível escândalo com o Pedrinho? A Generala Alvear. Aquela senhora é doida. Vem para Poços quando todos partem. Virá mesmo curar-se?

Deixava-me a sorrir. Não tive coragem de pedir-lhe que chamasse Olivério. Espero ainda amanhã. Se ele partir – então nunca mais me caso. Nunca mais! Porque, tudo quanto fazem para dele me separar, parece-me que a ele mais me prende. Será, porém, o que Deus quiser. E tu, por estas linhas, em que nada ocultei, podes ver o sofrimento da tua pobre amiga

Olga

XXXV

De Dona Maria de Albuquerque à Condessa Hortênsia de Gomensoro — São Clemente, Rio

Minha querida amiga

Esta carta tem um fim principal: comunicar-lhe que mudo de residência; parto de Poços para Caxambu, não só porque a estação aqui está terminada, como porque é preciso fazer como toda a gente: ir tratar do fígado, depois de cuidar do artritismo. Antes, demorarei alguns dias com Justina da Luz, em São Paulo. E conto bem estar no Rio em pleno inverno, para os fins de maio — maio de que a nossa imperatriz tanto louvava o esplendor, entre os bambuais da Quinta Imperial.

É sempre melancólico partir para a velhice, por não saber o que a espera à chegada. Deixo Caldas com saudade. Tivemos uma interessantíssima "grande semana", que foi no Grande Hotel admirável, graças ao grupo formado em torno de Justina, cujo *doigté* é de verdadeiro diplomata. Felizmente, Olivério Gomes, com as suas qualidades, conseguiu desencantar o coração de Olga — *la belle aux millions dormants* — e a sua carreira diplomática estaria feita ao lado de Justina, se estivéssemos no Império, e a *carrière* não fosse agora o viveiro das pretensões sob a algema do empenho.

Tive um grande prazer com a realização desse casamento, agora certa, não só por Olga, tão boa, tão distinta, como por

Olivério, que vinha fazendo tudo para estragar a escandalosa simpatia do Destino. Não pense, porém, a minha boa amiga, que as coisas se realizaram como entre pessoas sem importância. Falei-lhe, na passada carta, dos trunfos que Olivério obtivera para a arriscada partida: Mademoiselle Hobereau, a sua fascinação pessoal. Disse também as cartas contrárias: o seu gênio estouvado e uma pobre andaluza, que se entregara à extravagância de amá-lo. Mas Olivério procedeu tão bem, conduziu-se com arte tão sóbria, que me apaixonei pela sua vitória. E posso dizer-lhe, confidencialmente, que por esta necessidade de combate, herdada da minha família, não só tive o prazer de dar o golpe decisivo como de conhecer de perto uma dessas criaturas que Dumas pintou n*A Dama das camélias*.

Imagine, Hortênsia, que, em dez dias, Olivério estava quase noivo. Os outros pretendentes, com quem Olga não casaria porque, muito justamente, os abomina, ficaram furiosos e não sei se por cartas anônimas mandaram buscar a São Paulo a andaluza. A infeliz criatura veio numa rajada, e a notícia estalou de modo desagradável. Um jovem de fama extravagante, prestes a noivar com o maior dote de São Paulo, tendo, em frente ao hotel, em outro hotel, uma dama com quem tem de passar muitas horas, porque a dama tem ciúmes! O clamor dos veranistas seria suficiente para liquidar Olivério. E, apesar dele não ter culpa, quando se soube da chegada, à hora do jantar, eu senti a reprovação, tanto maior quanto era cheia de desprazer. Santo Deus! Olga precisa casar e encontrou um rapaz que a interessou. Justina está tão nova e tão bela, que o papel de mamã de milionária não lhe pode ser eternamente agradável. Mademoiselle Hobereau quer dirigir uma casa e ter um pouco de capital. Era como se todos dissessem sem falar:

— Ora, este Olivério! Precisamente quando resolvia tudo!

Nesse ambiente, entusiasmou-me o fino rapaz. Recebera a bomba da chegada da rapariga, sentiu que nada podia fazer, senão afastar-se para não ver realizada a ameaça do escândalo, e caía como um estadista. Quando mostrou um falsíssimo telegrama, noticiando a doença do pai, ninguém diria que esse telegrama falso era a autêntica renúncia a trinta milhões de francos – com o câmbio a 16 d. No dia seguinte, depois de saber que tão corajoso homem passara a noite em claro publicamente, com a tal criatura, vi Olivério bater à porta dos meus aposentos, entrar em traje de montaria (como o *moço pobre*, de Feuillet), fechar a porta, e deixando-se cair numa cadeira, dizer:

— Dona Maria, só a senhora pode salvar-me! Há muito tempo não tinha um instante de tanto prazer. É sempre agradável a nós, mulheres, o reconhecimento do nosso pouco valor... Quais são os homens que realizam alguma coisa na vida, sem o auxílio das mulheres? Elas trabalham na sombra, mas são guias. Não há um gênio só que tenha a vitória e a felicidade sem a ajuda da nossa inteligência! Pode parecer mau gosto insistir. E eu tinha, principalmente, pena de Olivério.

Ele contou-me a sua situação, uma grande cena romântica no Posto Zootécnico com Olga, a quem dissera tudo, despedindo-se em pranto (como devia ter custado para chorar!) exclamando: nunca mais. Olga estava abalada por aquela sinceridade byroniana. Devia estar. Eu mesmo estava, dado o meu pendor pelos dramas de ação. Restava a andaluza. Mas, antes de abalar Olga, Olivério abalara a andaluza, expondo a situação, levando para a sua mesa o nosso Antero (que sempre se acha na obrigação de sentir o que sentimos), um inteligente neurastênico, o Teodomiro Pacheco, e o jogador Bastos – que, com a inconsciência de todos os jogadores (assim realizam eles tudo) pretendia substituir Olivério no coração da andaluza...

E Olivério dizia:

— Não está nada perdido! É um momento grave, mas que por isso mesmo pode consolidar a vitória. A senhora, que é uma alta inteligência, vê bem. Em vez do xeque em mim, sou eu quem pode dar o xeque à dama. Até agora porto-me bem. Pois não?

— Com efeito. A cena do Posto é de mestre.

— A anterior ainda foi melhor. Desde o momento do perigo, tenho uma extraordinária lucidez. E é essa lucidez que me força a vir rogar-lhe: salve-me!

— Como?

— A senhora viu-me criança. A única mulher por quem tenho veneração é a senhora. Não, agora. Sempre. A senhora é a minha protetora. A vida repete-se. Não ignora que os dramaturgos, espelhos da vida, até hoje não descobriram mais de trinta e seis situações dramáticas. Há, no grande teatro do século passado, uma peça...

O topete! O *aplomb* de Olivério!

— Sinceramente, Olivério; você quer que eu fale a essa andaluza, representando de Pai Duval...

Ele ajoelhou-se:

— Como é inteligente! Eu quisera ter ânimo para sorrir diante dessa inteligência, que é o seu deslumbrante e perene encanto. É tão inteligente, que mesmo os seus objetos têm esse halo de aristocracia d'alma... Sim! Preparei tudo. A Pura espera-me no Posto Zootécnico para tomar chá. Está só, abalada, vendo que não tem o direito de me fazer mal, só para dar alegria a alguns palerminhas de São Paulo. Um automóvel espera a senhora do outro lado do rio. Uma palavra sua, o seu ar de duquesa, esse seu ar *very ladylike*, a força da sua bondade... Ela não é má. É estúpida apenas... Dona Maria, salve-me!

Na minha longa vida, apesar de já ter conversado com algumas dessas damas – (quando grandes atrizes como a Cécile Sorel ou quando regeneradas pelo casamento com lordes e diplomatas) – ainda não tinha visto senão em peças de teatro a alma das chamadas criaturas alegres. Era uma tentação. Sorri. Olivério tem a ciência das retiradas. Desapareceu.

E eu, insensivelmente (é o termo), não sei se levada pelo apetite de vencer o partido adverso, se por curiosidade, escolhi um vestido negro, saí do hotel, encontrei o automóvel e, dentro do automóvel, tive a certeza de que seguia para o Posto Zootécnico.

Minha cara Hortênsia — que ideia faz de uma dessas criaturas de que em geral temos receio culpando-as de todas as traições dos homens? Por essa espanhola — não vá dizer a ninguém! — devo ter-lhes muita simpatia. Antes do mais ela me deu a impressão de que eu num deserto e ela no meio de um batalhão, eu estaria mais acompanhada, mais defendida do que ela. A tristeza do seu olhar animal, a expressão canina do seu físico, passando de dono em dono, no desejo de se amparar — desejo incapaz de se traduzir em gestos, em palavras... O que ela deve ter sofrido sem saber que sofreu! Longe da sutileza defensiva de todas nós — o preconceito, a diferença social a abalava muito mais que a mim. Pareceu-lhe que o mundo vinha abaixo, porque uma senhora ia até ela. Os homens talvez ela os confunda — porque de fato eles são bem iguais na infâmia. E ela olhava assombrada como um ser d'outra espécie.

— É a menina Pura?

— Sí señora!... Quiere usted me hablar? A mí?

Como se ensina a tabuada às crianças, falei-lhe. Contava ela com Olivério? Olivério precisava casar para não dar um tiro na cabeça. Em vez de zangar-se, perdia cinquenta milhões de pesetas. Mas um homem a quem arrancavam uma fortuna, ficaria para sempre cheio de ódio. Não casava e ia fazer-lhe mal, odiá-la, a ela! Em compensação, uma partida não seria a paz depois do casamento? Casado, sim! Que tinha isso? O amor só tem um estorvo — o dinheiro. Ela aprovava chorando. Depois, bruscamente, confessou-se, pediu conselhos. Não era teimosa, não! Não queria fazer mal a Olivério. Nunca. Olivério gastava em extravagâncias, sem que ela pedisse. Jamais tivera interesse. Realmente, compreendia ter sido um instrumento dos inimigos. Estava, sem querer, trabalhando contra Olivério. Afinal, onde estava sempre a estimavam. Um homem de muito dinheiro (também) o Dr. Antônio Bastos, que partia na manhã seguinte, propusera levá-la para o Rio, roubá-la ao secretário de legação. Que dizia eu?

Vejo Hortênsia assustada. Eu, confesso, tinha uma sensação inédita e grande de pena, tanto dó. Porque, coitadita! ela me parecia uma dessas petizes abandonadas nas ruas, que contam às ricas terem tido pais, muitas bonecas... Nunca me senti tão humana como ouvindo a rapariga.

Dei-lhe um conselho sincero:

— Parta amanhã com o Sr. Bastos. Não desfaça um casamento. Depois, não seja má, porque você, minha filha, é boa... Era o puro melodrama. Mas, afinal, se a vida não tem mais de trinta e seis situações dramáticas, por que não ter a coragem de não sorrir de uma delas?

A andaluza olhou-me com os seus lindos olhos — (ainda não lhe tinha dito que ela tem os olhos lindos) — e murmurou, cheia de coragem:

— Pode acalmar a sua família. Parto amanhã. Só o verei no Rio.

— Não duvido.

Apertei-lhe a mão. Ela ficou. O céu ameaçava, de repente, chuva. O automóvel veio rapidamente ao hotel. E, apesar de encontrar a Generala Alvear mais a filha a fazer uma cena ao gerente, por tê-la retido a estação inteira em São Paulo, senti que devia crer com alegria na palavra da pobre espanhola e fui tranquilizar a pobre Olga, mentindo com a verdade aparente do que ia acontecer. É sempre assim a vida. Para a felicidade de uma a humilhação de outra; para fazer alguém feliz, muitas mentiras. E ninguém sabendo o que será o dia de amanhã...

Esse dia foi, minha querida amiga, encantador para nós. A espanhola (que se chama Pura Villar), enquanto Olivério dormia no Grande Hotel, embarcou, pela manhã, com o Antônio Bastos. Os jovens autores da intriga estavam indecisos e inquietos. Olivério não apareceu. À tarde, Olga não resistiu mais. Mandou chamá-lo para uma partida de pingue-pongue no bilhar...

Assim se realiza outro casamento na "grande semana" além do de Íris Lessa. Não se pode dizer que seja má a estação de Caldas.

Vejo que escrevi muitas folhas de papel. Isso só me acontece quando não tenho o que fazer. Perdoe; leia aos poucos, se tiver paciência, este capítulo do romance da existência. E não esqueça a sua muito do coração

Maria

XXXVI

De Olivério Gomes a Sua Excelência o Senador Pereira Gomes — Rua Conde de Bonfim, Rio

Meu caro pai
Obrigado pelo seu correto procedimento. Nem de tal pai outra coisa se esperava. Recebi dois dias depois a importância, que satisfez principalmente ao barbeiro dos Pereira Gomes. Deve ter recebido outro telegrama em que lhe agradecia os conselhos da carta e pedia a sua urgente presença em São Paulo. Partimos dentro de três dias e conto vê-lo no prazo de uma semana, para fazer o pedido oficial à Marquesa da Luz.

Estou realmente cansado dessa vida boêmia, que só complica os homens quando os homens a querem deixar. Não tenho mérito algum em ter agradado a Olga — a quem sinceramente estimo. Ela é inteligente. Realizamos o único enlace que nos convinha, tanto a ela como a este seu prezado filho.

Não esqueça as minhas encomendas no alfaiate, um litro d'água-de-colônia russa da minha marca, e o maior segredo sobre o casamento, principalmente para os íntimos. Levo-lhe como recordação um chicote de cabo de prata aqui trabalhado. É horrível. Mas, como não servirá nunca, porque um senador não monta, realiza o ideal dos presentes: é inútil, é feio e recorda sempre o ofertante.

Insisto sobremodo na urgência da sua vinda. Nunca projeto em terceira votação precisou a tal ponto do seu voto. Tratando-se de quem é a causa – os passes políticos são de temer. E eu quero casar em junho, na fazenda, pela grande época – certo de que até lá serei ministro residente, desde que convide o ministro ou o presidente da República para padrinho. Como vê, sou um pródigo de planos e de banalidade. A perspectiva do capitalismo na doçura do lar tira-me a novidade, que é sempre má...

E, como esta carta leva-lhe o filho regenerado – esqueça a minha promessa e venha generoso. Pai admirável, ainda precisamos de pecúnia. Do filho cheio de estima

Olivério

XXXVII

*EXPLICAÇÃO FINAL E DESNECESSÁRIA,
COMO TODAS AS EXPLICAÇÕES*

*De Teodomiro Pacheco ao Dr. Godofredo
de Alencar – Jockey Club, Rio*

Caxambu, 28 de abril de 1917

Meu caro Godofredo

Hás de receber ao mesmo tempo, com esta minha carta, um grosso volume. Não te assustes. Abre-o. Sou eu quem vos manda. Aberto, encontrarás um livro comercial, desses que têm impressos de um lado o verbo *Haver* e de outro o presente indicativo da terceira pessoa: *Deve*. O comércio faz uma enorme questão desses livros, sob o ponto de vista prático e material. Eu acho que o comércio tem toda razão. Esses livros (principalmente quando estão em branco) são a imagem mais fiel da vida. Que é a vida senão uma *Razão* com o *deve* e *haver* até a morte?

Não pretendo rir, dizendo verdades que os patetas consideram paradoxo. Lê o livro. Encontrarás copiadas a seguir pelo *deve* e *haver* muitas cartas. Queres a explicação, não só disso, como de não teres recebido as minhas interessantíssimas epístolas neurastênicas? Lê este trecho do *Jornal do Comércio*, edição de São Paulo:

Os habitantes de Poços e os banhistas, que este ano sobremaneira afluíram a esta milagrosa e próspera cidade, tiveram ontem um acontecimento sensacional. Há muito tempo os veranistas do Grande Hotel queixavam-se de que os destinatários das cartas postas na caixa do hotel não acusavam recebimento. Alguns ataques foram mesmo enviados à Repartição Geral dos Correios, depois de muitas reclamações ao gerente do hotel, o distinto moço Sr. Pedro Glotonosk. Diante da impassibilidade da administração pública as reclamações cessaram, quando o Sr. Glotonosk Filho começou a dar por falta de facas, apenas de facas, do enorme faqueiro do hotel. Eram cinco, seis por dia. Só facas. Apesar de pensar numa pilhéria, o gerente comunicou ao Dr. Vilaverde, ilustre delegado de polícia, o ocorrido. S. S.ª, o representante do executivo policial, agiu com um faro de verdadeiro Sherlock, com a perícia do detetive celebrizado pelo romancista Conan Doyle em novelas tão instrutivas como interessantes. Ao cabo de uma semana, as suspeitas recaíam no porteiro do hotel, de nome Troponoff, russo de origem, muito bem recomendado à empresa por várias firmas de São Paulo. Troponoff era macambúzio, muito asseado, de costumes rígidos e comportamento exemplar. Quase ninguém o via. Apesar disso, o Sr. Dr. Vilaverde, acompanhado de três praças que compõem o destacamento policial da cidade, entrou de repente, pela manhã cedo, no aposento de Troponoff. E, com efeito, aberta a mala do porteiro, foram encontradas cento e oitenta e duas facas, cada uma embrulhada separadamente.

Isso já espantou o Sr. Dr. Vilaverde e o Sr. Pedro Glotonosk. Mas, sobre uma pequena mesa, a autoridade e o gerente encontraram, perfeitamente em ordem e abertos, dezenas de envelopes selados. Eram as cartas dos veranistas! Aí Troponoff, contido pelas três disciplinadas praças, deu mostras de grande cólera, dizendo que não admitia tocassem nos papéis, pois faltava passar alguns para o livro Razão, *para fazer um balanço em ordem. Semelhante contrassenso esclareceu tudo. Troponoff estava doido, há mais de dois meses — estava doido com a mania de sócio da empresa — diretor da contabilidade. Roubara as facas por causa dos ladrões. E guardara e copiara as cartas entregues para o correio como correspondência comercial!*

Como a maioria dos hóspedes já partiu, o distinto moço Sr. Pedro Glotonosk ali mesmo fechou as cartas abertas, enviando-as aos seus destinatários.

Troponoff, levado para a cadeia, delirou até a manhã de hoje, em que foi, num vagão de carga, enviado, com a competente guia, para o hospício daí. Só temos que dar parabéns ao tino do Dr. Vilaverde e à correção do Sr. Pedro Glotonosk.

Brilhante jornalista! Iluminado Troponoff, em que ninguém reparara! Os antigos respeitavam os malucos como inspirados pelos deuses. Os antigos têm sempre razão. E Shakespeare não pensava doutro modo quando pôs nos lábios dos desiquilibrados as mais profundas verdades. Reflete nesse Troponoff, que nem eu distingui, niilistamente sonegando ao correio a correspondência de uma estação de cura, e copiando num livro comercial sobre o *deve* e o *haver*, as futilidades, as leviandades, as pequenas infâmias de um bando de pessoas de vária sociedade, sem distinguir, sem diferençar. Lê essas cartas a seguir e verás então que, de fato, inspiradamente, a loucura do porteiro tinha razão, pois todos, elegantes, jogadores, meninas, velhas, mulheres de vida airada, *gentlemen* e roleteiros só se movem em torno do dinheiro, pensando no dinheiro, dando o retrato da vida – um largo copiador do vastíssimo *Old England* da Vida!

Com o escândalo da prisão de Troponoff fui ver o seu quarto. Já os criados o limpavam. O livro estava em cima da cômoda. Levei-o para os meus aposentos. O delegado Vilaverde e Pedrinho não tinham dado por ele, sem compreender até onde fora a doença do porteiro. Pensei encontrar coisas sem nexo. Encontrei maravilhosamente copiadas todas as cartas. Emprego o advérbio porque as minhas estavam sem erro – de cópia. E depois de ler assaltou-me a ideia de que esse livro dizia muito.

Dizia em primeiro lugar a moda de escrever que ataca atualmente aqueles que não são literatos. Na língua portuguesa o escrever sempre pareceu monopólio de alguns amadores, famintos mais ou menos. Ao contrário da inglesa, em que os amadores escreveram sempre profusamente. Mas o apetite francês dominou de tal forma que hoje toda gente (com exceção dos profissionais), escreve muitíssimo bem. Assim, o palerma do

Antero Pedreira, homem de sociedade; assim, um secretário de duo itinerante; assim, as meninas e os rapazes, alguns dos quais pareciam-me analfabetos – apesar de não ser isso uma razão para não escrever...
Mas o livro *Razão* do Troponoff dizia mais. Dizia um aspecto da nossa sociedade, a inconsciente malandragem de uma porção de gente; a alma nobre e indecisa de uma pobre pequena milionária e a irresistível simpatia desse Olivério – fenomenal de *aplomb*, grande *jeune premier* do teatro humano; a esperteza embotada dos sem inteligência e a linha encantadora de Dona Maria de Albuquerque... Dizia, principalmente eu – Teodomiro, a minha cura, as minhas opiniões. Como podia deixar de ser interessantíssimo?

Senhor de todas as intrigas, assisti à partida dos principais personagens. Num dia, o Olivério, que foi passar a noite em Prata, até à hora em que por lá passasse o especial noturno levando Olga, a Marquesa Justina, Dona Maria, os Lessa. Senhor da certeza de um magnífico desenlace em que o vício da inveja foi castigado e a virtude de ter topete premiada, passei, agradecido, pela cidade, já mais vazia e muito mais linda. Caldas misericordiosa! Delicioso bem da natureza, onde se dependuram com os males da carne todas as misérias! Como o céu azul e o ar puro e a água de enxofre varrem os reumatismos, as chagas do corpo e os horrores da alma! Ninguém poderia estar triste. Todos, descendo a montanha – ou levaram a sorte como Olivério e, quem sabe? Olga, ou levaram a experiência que é o ensinamento da sorte.

Eu ganhara em saúde de corpo. Retificara a alma neurastênica na visão de sofrimentos autênticos, que me davam forças para perdoar a maldade fútil da maioria. E a minha felicidade fora tão grande que até dentro de uma bela caleche, acabei vendo uma das graças dando pelo nome de Madame Graça.

Bendita estação de cura! – maravilhosa paisagem em que nenhum de nós reparou! banho milagroso que nenhum de nós tomou com outro fim senão o do asseio! precioso hotel, que reuniu tanta gente para dar o prazer dos flertes, fazer casamentos ricos e organizar o amor! dignas roletas do Arnaldo, coronel, chefe importante, dono, o *deve-haver* geral da reunião em que todos devem cumprir o seu dever perdendo para que *haja* o resto! esplêndida orquestra, acompanhadora do tango unânime! O meu desejo era beijar tudo e assim andei atirando beijos ao ar. No dia seguinte, Madame Graça partia para Caxambu. Como não partir? Fiz as malas e deixei Poços como se deixa uma formosa amante de vinte dias. O meu enlevo continua aqui. Hoje, por acaso, abrindo uma das malas, encontro o livro das cartas copiadas pelo doido.

Que me interessa a vida dos outros, quando eu amo – amo, isto é, trato da única coisa séria do Cosmos? Que me interessa agora?

Mando-te o volume. Entre dois chás enervantes talvez rias com elas. Ou sorrias. Faze do livro, depois, o que quiseres, sem me comprometer nem ao profundo Troponoff. E não deixes de ir a Caldas no próximo verão. É divina! Cheio de felicidade *for ever*.

Teodomiro

A FORMA DO ROMANCE

O ilustre escritor Viriato Correia, decerto o maior narrador da vida sertaneja, escrevendo ontem um folhetim a respeito da *Correspondência de uma estação de cura*, com palavras generosas que não sei como agradecer, feriu um ponto que há muito eu teria tratado em jornais, se os jornais comportassem divagações literárias sem um ponto de referência concreto e atual.

Viriato Correia acha que *Correspondência de uma estação de cura* não é um romance.

Eu dei-lhe essa denominação de romance, entre parênteses, com a intenção única de frisar o que são os romances de amor hoje em dia. E aquela denominação corresponde ao último capítulo onde se mostra como foi encontrada a *Correspondência*, isto é, copiada por um maluco no *Deve-Haver* de uma gerência de hotel.

Mas o meu caso particular não tem importância. O que me interessou na discordância tão imerecidamente lisonjeira do notável escritor foi principalmente a ideia que se deva fazer da técnica do romance hoje em dia.

O romance desde os alexandrinos vem se transformando. Era ao lado do romance dos historiadores uma esgotante história de metamorfoses e amores; foi enorme o repositório de tolices romanescas, até que no século passado com Stendhal e Balzac entrou na sua grande feição de história social.

Como não é comum ter o gênio de Balzac – a que os últimos contemporâneos acusavam de não saber escrever, como não é possível a qualquer ser Shakespeare – quer dizer jogar permanentemente com a renovação da inteligência diante dos fatos, se Balzac tem todos os gêneros de romance.[1]

Mas, depois dele, ninguém pôde ser tão grande. E o romance, com a importância real da história de costumes, de estudo da sociedade, teve durante largo tempo meia dúzia de modelos, que os outros seguiam de olhos fechados. É o caso do Naturalismo de tão larga influência na literatura universal. Flaubert deu um modelo, Zola outro, Daudet outro, e Goncourt ainda outro. Escrever um romance pensando nesses moldes, era um trabalho que fatalmente se tornou mecânico. Um verdadeiro escritor que traz visão nova e uma partícula infinitesimal de ideias e sensações ao acervo da Inteligência Humana, não poderia aceitar esses modelos – não por serem maus, mas porque, em arte como em tudo o traço que diferencia é em primeiro lugar a técnica própria.

Quando se achou essa técnica – aos que vêm depois é facílimo copiar. Nós todos vemos o que se deu com o verso parnasiano. Herédia levava três meses no mínimo para fazer um soneto. Não há cavalheiro de insignificante cultura que não faça hoje um soneto parnasiano. Assim como romance. Quantos têm tentado fazer romance com êxito, após o Naturalismo, fazem-no em moldes novos. Daí o excesso de personalismo que na Itália tem como expoente D'Annunzio e na Inglaterra o autor do *Retrato de Dorian Gray*.

Daí também a decadência do gênero para os que aceitam fórmulas. O romance em língua portuguesa, depois de Eça e de Aluísio Azevedo – e não falo de Machado de Assis, que era um pessoal, autor de volumes que poderiam ter todos o título geral de *Memórias* –, chegou à indigência impossível de leitura. Total ausência de ideias, uma história qualquer dividida em capítulos e

---

1. Segundo Adriano da Gama Kury, responsável pela 3ª ed. do romance, publicado em 1992, pela Editora Scipione em parceria com a Fundação Casa de Rui Barbosa e o Instituto Moreira Salles, onde o presente texto é resgatado, falta sentido à parte final do período, "transcrito fielmente do original." (N.E.)

nesses capítulos o que eles chamam observação do natural. Coisas enfim que não interessam a ninguém. O romance de êxito há dez anos no Brasil foi o da Senhora Albertina Berta: *Exaltação*. Não é um romance, é um poema lírico, uma paixão *en beauté* num delírio inebriante de imagens e de pensamentos deliciosos.

E por que o gênero morreu? Pelo abuso dos processos que, como a moda, envelhecem quando toda a gente os usa.

Não terá Viriato Correia aberto na sua biblioteca *A educação sentimental*, de Flaubert? É admirável. Ninguém o escreveria hoje, porque seria escrevê-lo de novo, depois de muita gente o ter copiado mal. É o que acontece com Zola, com Daudet, com Edmond [de][2] Goncourt, esse último ao qual ninguém mais lê. Foi o que aconteceu com Eça. Ele descobriu uma certa maneira para a exteriorização do seu sentir. A imensa segunda classe humana achou a maneira boa. Não há cavalheiro que não dê a ilusão de escrever como o Eça, aplicando-se em copiá-lo. Vieram depois e o público não os lê.

O romance, gênero cada vez mais definitivo em arte, porque a arte não existe sem a sua função social de historiar ou incentivar, precisa de independência, de forma.

O jornalismo obrigou na França alguns escritores a desarticulá-lo um pouco, assim como ao conto. O personalismo agiu também fortemente. Os livros lapidares de Barrès serão romances no sentido que a norma deu a esse gênero? Os de Lorrain, os de Charles-Henry Hirsch, os de Colette Willy são romances como imagina Viriato Correia que se deva escrever um romance? E a obra de anotador inclemente de Abel Hermant?

Romance, hoje, como sempre foi aliás para os primaciais, é uma história que se aproveita para contar em forma própria o que se viu e observou e pensou. Artisticamente, a individualidade é tudo. A individualidade começa pela técnica. Há mil modos de fazer uma jarra. Criar o seu modo e pôr-lhe o sangue das suas ideias é sempre fazer jarras – mas de outra maneira.

---

2. Inserção de A.G.K. (N.E.)

Asseguram-me que eu faço crônicas. Ainda no seu folhetim Viriato Correia renova esse engano. Crônicas? Como eu antes de publicar uma série de trabalhos tenho o plano de um livro, escrevo com a convicção de que estou escrevendo capítulos de livros documentativos. *A alma encantadora das ruas* é um livro de crônicas? E todos os outros livros também?

Mas, então, que é esse outro gênero de comentário semanal de que Bilac foi um mestre e Machado de Assis outro? Ou eu não escrevo crônicas, ou a crônica é outra coisa.

Eu desejaria que no nosso movimento literário a noção do romance perdesse o corolário do prestígio rotineiro dos velhos moldes, e que cada um desse ao gênero não a feição de escolas, mas a "sua" própria. Tínhamos a ganhar na documentação desse vertiginoso momento, que só a arte dos anotadores inebriantes poderia fixar nas suas ideias, costumes e atos.

E quisessem os numes que cada escritor para livro de observação criasse uma forma nova de apresentá-lo à saciedade enfarada do leitor, que no Brasil ainda tem como alimento romanesco as quinhentas páginas de livros inexoravelmente parecidos uns com os outros.

João do Rio

Rio-Jornal
24 de julho de 1918

Posfácio

Retrato de João do Rio feito por Tarsila do Amaral em 1940.

A Correspondência de uma Estação de Cura nos apresenta um João do Rio um pouco diferente daquele que perambulava pelas ruas do Rio de Janeiro, nos espaços urbanos e nas contradições sociais da *Belle Époque*[3] brasileira, captando o pulsar da cidade com seus personagens anônimos, boêmios e burgueses. Nesta obra, ele nos transporta para um espaço mais isolado e introspectivo: um sanatório em uma estação de águas termais na cidade de Poços de Caldas, Minas Gerais, destino frequente da elite brasileira em busca de descanso, tratamentos médicos e um certo tipo de sociabilidade exclusiva. Se em suas

---

3. A *Belle Époque* foi um período histórico caracterizado pelo otimismo, pelo progresso tecnológico, pelo refinamento cultural e pelo desenvolvimento das artes e da ciência. O termo, que em francês significa "bela época", refere-se ao intervalo entre o final do século XIX e o início da Primeira Guerra Mundial (1871-1914), sendo particularmente marcante na Europa, mas com influências significativas em outras partes do mundo, como no Brasil. A *Belle Époque* foi impulsionada pelo avanço da Revolução Industrial e pela consolidação do capitalismo, que trouxeram inovações tecnológicas, melhoria nas condições de vida da burguesia e efervescência cultural. Paris foi o epicentro desse movimento, servindo como referência para diversos países que buscavam modernizar-se e se inspiravam no estilo de vida francês.

crônicas urbanas João do Rio era o *flâneur*[4], aquele que observa o movimento e o caos da metrópole, aqui ele se transforma em cronista de um microcosmo peculiar, em que os encontros e interações ocorrem de maneira mais contida, em um ambiente de repouso e cura.

A escolha pelo formato epistolar é fundamental para a construção da atmosfera do livro. As cartas permitem ao autor explorar um tom mais pessoal, quase confessional, enquanto mantém sua característica ironia e sagacidade. O leitor é levado a acompanhar as impressões e experiências do narrador sobre o local e seus frequentadores, que incluem personagens caricatos, figuras da alta sociedade e indivíduos que, por razões de saúde ou lazer, encontram-se temporariamente distantes do cotidiano urbano.

A estação de cura, lugar em que a elite busca tratamentos para doenças diversas, também se torna um espaço simbólico. Mais do que apenas um local de repouso físico, representa uma tentativa da sociedade de se recompor, de buscar uma espécie de regeneração, seja da saúde, da reputação ou até da própria identidade. João do Rio, sempre atento às nuances sociais, capta essas dinâmicas e as traduz em textos que vão além da mera descrição do ambiente, tornando-se também um ensaio sobre os hábitos e contradições da alta classe que frequentava tais espaços.

Outro aspecto interessante da obra é a maneira como João do Rio trabalha a noção de deslocamento. Se a cidade do Rio de Janeiro era para ele um espaço de pertencimento e

---

4. O termo *flâneur* tem origem na língua francesa e significa, de forma literal, "aquele que perambula". No entanto, sua conotação vai muito além de um simples passeio sem rumo. O *flâneur* é um personagem emblemático da modernidade urbana, um observador atento da vida nas cidades, alguém que caminha pelas ruas não apenas para se deslocar, mas para experimentar, sentir e interpretar o ambiente ao seu redor. O conceito de *flâneur* foi amplamente desenvolvido pelo poeta francês Charles Baudelaire, no século XIX, especialmente em sua obra *O Pintor da Vida Moderna* (1863). Para Baudelaire, o *flâneur* era o arquétipo do artista moderno, alguém que se misturava à multidão, absorvendo os detalhes da vida cotidiana para transformá-los em arte e reflexão. Seu olhar era simultaneamente distanciado e envolvido: ele fazia parte do cenário urbano, mas também o analisava com um olhar crítico e poético.

exploração literária, a estação de cura surge como um território de certa estranheza. Não se trata de um local completamente desconhecido, mas há ali uma diferença marcante no ritmo de vida, na forma como as relações se estabelecem e na própria interação com o tempo. Esse deslocamento permite ao autor adotar uma nova perspectiva sobre as mesmas questões sociais que sempre o interessaram, mas agora vistas sob um ângulo mais restrito, quase como uma miniatura da sociedade maior que ele costumava retratar.

É possível perceber, ainda, traços de um João do Rio mais introspectivo e, de certa forma, mais vulnerável. O próprio conceito de "cura" sugere não apenas um tratamento para o corpo, mas também um momento de pausa e reflexão. Ao longo de sua vida, João do Rio lidou com intensas críticas e preconceitos, tanto por sua escrita quanto por sua identidade e estilo de vida. Era um homem que transitava entre mundos distintos — a intelectualidade, a boemia e o jornalismo — e enfrentava constantes desafios em uma sociedade conservadora e hierárquica. Em *A Correspondência de uma Estação de Cura*, há momentos em que essa inquietação transparece, tornando a leitura ainda mais rica e multifacetada.

Mesmo fora do ambiente urbano que marcou sua carreira, João do Rio mantém sua genialidade narrativa. O livro não apenas documenta uma experiência particular, mas também nos oferece um novo ângulo para compreender sua obra e sua visão de mundo. O autor continua a observar, analisar e revelar, mesmo quando inserido em um espaço de descanso. Seu olhar perspicaz transforma o ordinário em literatura, tornando cada detalhe significativo, cada personagem digno de atenção.

A Correspondência de uma Estação de Cura pode ser lido como um complemento valioso à obra de João do Rio, mas também como uma obra autônoma, que dialoga com temas universais como o tempo, a sociabilidade, a identidade e a busca pela cura — seja do corpo, da mente ou do próprio espírito. Mais de um século após sua publicação, o livro mantém sua atualidade e nos lembra do talento inigualável desse autor, que soube registrar com maestria a complexidade do Brasil de sua época.

O legado de João do Rio transcende suas crônicas e seus textos jornalísticos. Ele foi um dos primeiros a enxergar a literatura como um meio de investigação social, um cronista da modernidade que entendeu que a cidade, as relações humanas e os espaços de convivência eram fontes inesgotáveis de narrativas. *A Correspondência de uma Estação de Cura* reafirma essa característica e nos permite conhecer uma faceta diferente de seu talento, na qual a observação minuciosa e o tom epistolar criam uma experiência de leitura única.

Se a cidade era sua grande musa, aqui João do Rio nos mostra que até nos espaços de reclusão há histórias a serem contadas, personagens a serem estudados e uma sociedade a ser desvendada. Seu olhar crítico e refinado continua a nos provocar e encantar, provando que sua obra segue viva e indispensável para aqueles que buscam entender o Brasil e suas contradições.

Carlos Renato
Gerente Editorial - nVersos Editora

Referências Bibliográficas

Jornal Folha de São Paulo <https://www1.folha.uol.com.br/ilustrada/2024/10/joao-do-rio-mestre-da-andanca-ensinou-que-flanar-e-tomar-a-posse-da-cidade.shtml> acessado em 02/02/2025.

RIO, João do. *Vida vertiginosa*. Rio de Janeiro: José Olympio, 2021.

RODRIGUES, João Paulo. *João do Rio: vida, paixão e obra: Vida, paixão e obra*. São Paulo: Civilização Brasileira, 2010.

Bibliografia

As religiões do Rio, 1905.
Chic-chic, 1906.
A última noite, 1907.
O momento literário, inquérito, 1907.
A alma encantadora das ruas, 1908.
Cinematógrafo, 1909.
Dentro da noite, 1910.
Vida vertiginosa, 1911.
Os dias passam, 1912.
A bela Madame Vargas, 1912.
A profissão de Jacques Pedreira, 1913.
Eva, 1915.
Crônicas e frases de Godofredo de Alencar, 1916.
No tempo de Wenceslau, 1916.
A Correspondência de uma Estação de Cura, 1918.
Na Conferência da Paz, inquérito, 1919.
A mulher e os espelhos, 1919.

A obra "A correspondência de uma estação de cura" encontra-se sob domínio público conforme Lei n° 9.610/1998.

Diretor Editorial e de Arte: Julio César Batista

Gerencia Editorial: Carlos Renato

Produção Editorial: Juliana Siberi

Revisão: Matheus Molina Monteiro, Elisete Capellossa e Jéssica Caroline

Editoração Eletrônica: Matheus Pfeifer

Capa: Deborah Mattos

Dados Internacionais de Catalogação na Publicação (CIP)
(Câmara Brasileira do Livro, SP, Brasil)

João do Rio, A correspondência de uma estação de cura
São Paulo: nVersos Editora Ltda., 2025.

ISBN 978-85-54862-93-0

1. Literatura Brasileira I. João do Rio

22-106793   CDD-869.1

Índices para catálogo sistemático:

1. Literatura: Literatura brasileira 869.1
Maria Alice Ferreira - Bibliotecária - CRB-8/7964

1ª edição – 2025
Esta obra contempla o Acordo Ortográfico da Língua Portuguesa
Impresso no Brasil – *Printed in Brazil*
nVersos Editora: Rua Cabo Eduardo Alegre, 36 – CEP: 01257060 – São Paulo – SP
Tel.: 11 3382-3000
www.nversos.com.br
editora@nversos.com.br

Impressão e Acabamento | Gráfica Viena
Todo papel desta obra possui certificação FSC® do fabricante.
Produzido conforme melhores práticas de gestão ambiental (ISO 14001)
www.graficaviena.com.br